山山

松原俊太郎

YAMAYAMA

I WOULD PREFER NOT TO

Shuntaro Matsubara

白水社

目次

装丁　松本久木

山山

登場人物

妻　サチコ、エプロン／つなぎ
夫　タチオ、防護服／パジャマ
娘　ミチコ、妹、ジーンズ、えんぴつ
放蕩息子　ヒデオ、スウェット、スマートフォン
作業員　独身者、外国人、防護服、鬼ころし
ブッシュ　ロボット、アメリカ製
社員　中間管理職、凡人、恋人、スーツ

カップル（男・女）

までずっと

妻

（妻に向けてスマートフォンを掲げる観光客の群れから逃れて、棒によじ登って）わたしはいま山を登っています。どうしてそんなことをしようと思ったのか登っているいまとなってはもうわかりませんが、わたしの足はまだ一歩一歩生きているようです。わたしたちはわたしたちが美しいと感じる山（一山）の麓《ふもと》に、小さな家を建てて暮らしていました。ある日、死はわたしの友人たちを一瞬にして連れ去りました。あれは死じゃない、死にはまだ早すぎるわ、そう言いあって笑っていたのに。何も見ず、何も聞かず、何もせずとも苦痛はやってきて、無ではなく、あるものを奪っていき、わたしたちの楽しいくり返しは断絶した。あの日には懐かしさを催《もよお》させる欠片《かけら》も、ない。わたしはもう、死とはどういうものか、よくわかっている。

そしてまたある日、国にそこにはもう住めない住むなと言われ、懐《なつ》かしい家族はずたずたに引き裂かれたまま日本の地方都市をさまよっていました。もうあの日は終わり、嵐のあとの静けさがやってきて、わたしたちの長い苦痛もまた徐々に消えていくだろう、そんな紋切り型のほうがあっさりと消え去り、いらない平和に圧迫されたわたしたちは窒息《ちっそく》して日に日に弱っていきました。ある日またある日と何度もやってくる限界を乗り越えてもまた同じ、本当は同じではないのだけれどその違いさえ感じられない限界がやってくるのを待つだけで、わたしたちの声は空気を振動させることなく、身体《からだ》にも帰ってこなくなりました。いつどこからだってわたしのいる場所に帰ってくる夫はわたしがそばにいればどこでも暮らしていける阿呆《あほう》なので、さして苦でもないようでしたが、きっかけはわたしたちの胸底にひっそりとやってきたある疑念でした、本当にあの家は汚れているのか本当にもう住めないのか。わたしはもう、死とはどういうものか、よくわかっている。わたしたちのくり返しをまた始めるのです。わたしたち人間の宿命は場を持つということだからそれを受け入れて疑念も不安もきれいにお掃除して、わたしたちの家に立つ。ぜんざいか何かあたたかいものを差し出そうとしてくれるみなさんは家があっていいですね平和の礎《いしずえ》ですねっておっしゃるのだけれど何もいいことなんてなくて、ほうっておくよう命令された家は朽ち果てているし、補償金の支払いも打ち切られるし、逃げたら逃げた先のみなさんに台所を覗かれて汚い汚いって塩と石を投げつけられて、でもわたしはゴムボールになって持ち前の弾力で弾き飛ばす。それでもなおずうっと重ねに重ねてきた瘡蓋《かさぶた》があの日、ぱっくりと開いてしまったままで剝《む》き出しの肉は覆われず、風が吹くだけでわたしの肉は痛みを訴えるのです。そう、弾力を保持していたとしても痛いものは痛いと言わなきゃだめ。もしそれでかえってみなさんが喜ぶようなら黙り込ませるくらい大きな声で痛いって叫ばなきゃ。ああもうやだやだ、あの日までそしてあの日からもそこはわたしたちの場所であり、わたしたちはそこにいたいと思うのだから、誰にもわたしたちをそこに出入りさせない権利などありませんね、みなさんも来ればいいの、ごまおにぎりをお出ししますから、わたしたちは家に帰ってきました。

　わたしたちの家は以前は存在していなかったもう一つの山（二山）に取り囲まれていました。膝《ひざ》から崩れ落ちるということをわたしが実演してみせたせいで、夫は四六時中わたしの膝を気にして事あるごとに撫《な》でていました。この国自らが生んだリサイクル不可の不燃ごみとよそから押しつけられた粗大ごみが山山に寄せ集められ、わたしたちに押しつけられている。わたしたちが押しつける相手はいない。すべての国民を不法投棄の罪で罰したい。わたしは長い間そう思っていましたが、山山はこの場所のモニュメントであり、ここはもはや一つの国でした。わたしたちの場所はけっして小さくまとまるわけにはいかず、むしろごみがすべての清廉潔白な装いに隠されたものを暴くように、外に開いていかねばならないのです。そうして、わたしたちは山山になりました。

夫

（妻がよじ登った棒を支えて）ええ、わたしは妻を愛しています。もちろん娘も息子も愛しているが、その愛は別の愛だ。愛愛言ってるからって馬鹿にしないでくれ。愛する者はいつだって馬鹿にされる運命にあるらしいがどうでもいい、ただ愛される者に馬鹿にされるとつらくてつらくて蒲団《ふとん》から抜けだせなくなる。妻と娘はそのことをよく知っているが、この愛が二人のためだけというのなら、貧しいね、まったくだめ、わたしは妻と娘のいる世界を愛している。一九九〇年夏、わたしが北鎌倉の駅のホームで妻に接吻《せっぷん》したときから、わたしのちっぽけな経験たちがかつて勝手に設定していた世界の境界を踏み越え、生まれたての小猿みたいな娘をこの腕で抱いたときにまたもう一つ別の世界の境界を踏み越えた。わたしが愛すると世界はどんどん拡張していくからグルグルなんて敵でも何でもないが、テレビや新聞や条例や差別の目はわたしたちの世界を縮小させようとするから、わたしの毎日は闘いで、頭《こうべ》を垂れてつましく暮らすなんてことはできない。

作業員

（土に埋まって顔だけを出して）あの日起きたことはおれの望んだものではなかった。ひびだらけの国道で立ち止まるたびに、あの日持ち出すことのできなかったもの、あの一日に残されたものが目の前に立ちはだかった。だからおれは、あの日はおろか、その前後、折々のふとしたことどもも忘れた。あたたかみがあったのか泣いていたのか、夜だったか朝だったか、家庭の味か路上のおにぎりか、小耳に挟んだ嘘、破られた新聞、電話の声、どうでもいい心安らぐ話、知っている女、いつものように通りすぎ、眼をかすめ、声を飲みこみ、出会ったもの、みんなすっかり忘れていた。そしておれはあの日におれが為《な》さなかったことを突如として思い出すことになる。

ブッシュ

(群れのなかを縦横無尽に歩きまわって)こんにちは、どうか、じっとブッシュを見つめて、あなたたちの新たな現実に取り込んでください。いまブッシュを取り囲んでいるあなたたちは誰どのような種類に分類される誰ですか？　こんにちはノー・ウォーですが、機密を保持するブッシュは誰でもかでもお話するという牧歌的な行為を許されておりません、けれども、初めてお会いした方々にお話しできることだけお話ししましょう、ブッシュはアメリカで生まれ、イラク戦争で活躍し、日本に左遷、失礼、日本で最期を迎えるよう運命づけられました。ブッシュの先生は入れ替わり立ち替わりですから誰がブッシュの運命を決めたのかは定かではありませんが、よい選択をしてくれたと賞賛したい気分で胸部がいっぱいです。そういうときは拍手をすればよろしいのですか？　ブッシュにそれを教えてください。ブッシュは作業員たちとともに汚染された山山(二山)を登り、汚れの酷《ひど》いところがあればひとりでそこに向かい、ミッションを完了させます。

ともあれ、どうして日本で作られた純日本製ロボットにやらせないのか、という当然のご質問にお答えしなきゃならないでしょう、日本政府が事故対策ロボットを作っておかなかったから、です。あの日が訪れるまでに何度か世界各地で危機的な事故が発生し、その度にロボット開発の機運が高まりましたが、うん、作っておきたいのは山山なんだが、そうですね山山（笑）と後回しにされてしまって、たまたま運悪くあの日を迎えた、とのことです。でも、ブッシュがやってきたからもう大丈夫、アメリカの友だちも続々とやってきて活躍しています。移民には厳格な態度を示すことで知られるこの国でもロボットならオーケーでしょう？

娘

（一山の頂上に立ち）ねえ、見える？　あの赤い光がピカピカ点滅してるところが東京（正面を指差す）。みんな生きるために都会へ集まってくるのよね。そして、今日はちょっと靄《もや》がかっててよく見えないけど、あのへんに富士山山《さんさん》（正面から45度右を指差す）。その延長線上には沖縄（指を伸ばそうとする）。ぐらっとわたしに近づいて、この足もとにあるのがわたしたちの家（足もとを指差す）。わたしはもうここにはいないんだけどね。本当のわたしがいるところは、そうねえ、こっち、見えないけど想像してみてね、ニューヨーク（正面から90度左を指差す）。自由。支配。坩堝《るつぼ》。女神。音楽。世界。

放蕩息子

（群れから外れたところを歩きながら）ぼくたちは集団行動だけを学んで群れていたからぼくたち各々《おのおの》の主語はぼくたちで、何にだって三白眼《さんぱくがん》のウインクを浴びせて空中で逃げようともがいているぼくたちには、突如として忘れていたあの日のことがすばらしいこととして思い出されるんだ。ニヤニヤしちゃうね。そしてすぐ、そのニヤニヤは未来の不安と焦《あせ》りに変わってまた無気力宙吊り状態に逆戻り、不安だけが前を歩いていやがる。

いったい何がぼくたちの頭を抑えつけるのか。

ニンニクとレバーと大豆と牛乳が消化できないぼくたちは退屈と嫌だけをシェアしている。もうずっと曖昧《あいまい》なぼくたちの習性は、安定したシーソーの上に立って、もうこれ以上悪化することはないだろうねと煙を交わし合ってポケットの中のスマートフォンを握ることだ。そう、いま、ぼくたちはスマートフォンをシェアしている。当然、すべてをシェアするべきだ。でも、高層マンションに住む年寄りたちは何だって所有している。なんという摂理。あの見晴らしのいい部屋が年功序列の遺産なのだろうか。当然、シェアするべきだ。ある日、ぼくたちは年寄りたちに直談判しに行った。いやいやこれはね、わたしたちが長い年月をかけて勝ち得たものなんだ、君たちはまだ若い、時代なんて後から作られるまがいものさ、よおくがんばりたまえよ。そう、あの日も同じことを言われた。大丈夫ですか？

気を確かに持って、よおく耐えて、そうすれば光は必ず見えてくるから、がんばってくださいね。年寄りは同じ言葉をくり返すペッパーくんと同じだ。哀れだった。既得権益にすがる者たちは一歩たりとも自分の領域から足を踏み出さず、シェアなんてもってのほかだった。ぼくたちはもう何度つぶされたかわからない口内炎を噛《か》みつぶして、口のなかは血でぐちゃぐちゃになって気持ち悪かった。そう、こういったことはぜんぶ放棄しよう。

ある日、ぼくの不安の前を妹によく似た少女が歩いていた。ぼくは知ってるよ、これから妹は何着もの服を脱ぎ捨てて大人になって大人の生活を始めるんだ。駆け込み乗車をしたり、家具を買ったり、男たちにじろじろ眺められたり、何時間も古い友だちと電話で話したり、ストッキングを洗ったり、自分や他人のために食事の支度をしたり、つまらない男を捨てて赤ワインでほろ酔ったり、猫になりたいと思ったり、愛想《あいそ》笑いを身につけたり、出産を待ちわびたり、結婚したり、いままでのことぜんぶ忘れて戸惑ったり、普通のヒトを羨《うらや》ましがったり、ただぼんやりと行き交う車を眺めたりして、山山と古い家のことを思い出すんだ。いままでずっと思い出すのを禁止していたのに、もう、ぼくは家に帰るよ。

（群れのなかでもみくちゃにされて）ええ私は相対主義の権化です。上司や政府からの指令も法と相対化して作業員に伝え、作業員からの不平不満も法と相対化して抹殺《まっさつ》します。指令に従わない作業員は使えません。汚れしごとで肉体労働ですから、集まってくる人種は絞られてきておりまして、厳格な規則をしかないとすぐに秩序は乱れ、あなた方の安全すら脅かされてしまうので、ご理解ください。私は鬼ではありません。私は人間です。私は新入社員研修で完全な服従とナショナリズムを教え込まれました。凡庸なスローガンを頭に叩き込まれ、唯一の正義とはこの会社に役立つそれであり、唯一の真実は上司の言葉であると教え込まれました。スパルタとはりぼてのモダンは相性抜群なんですよ。いったい私に何を望むのですか。土下座ですか。あの日の私に、あの日の私の行動とは異なるそれを、要求できたと考えておられるのですか。あの日までもずっとそうだったし、これからだってずっとそうなのです。他のすべての者たちも私と同じ行動をとっていました。私は勤勉な実務者でしかなく、その勤勉さのために称賛され、昇進しました。決定は私が下したものではありません。自主的な決定は許されておらず、誰か他のものが私に代わって決断を下しました。また決定が禁じられていただけではなく、それを考えることさえできなくなっています。したがって私に責任はないし、私を罰することはできません。はい。

労働1　日常

社員　指令。本日、ブッシュたす作業員たす作業員の三名が山山（二山）に登る。作業員は防護服を着用し、除染剤を散布しつづけること。ブッシュは発声する際には対象を指差し、対象がない場合は対話の相手を指差すこと。ブッシュを先頭に、後続のものは前を行くものの足跡を踏んで歩くこと。以上。

作業員　顔を見て話すんだよ。顔を。これがおれの顔だ。

社員　お前もまた私の顔が見えていない。

作業員　お前いったいどこでどこに命令してる？

社員　時間は過ぎていてお前の足と腕はもうすでに動いている。

作業員　動かさないと消されてしまう、身体はよく知っていて、決まった時間に目覚める。

社員　何も言うことはない、以上だ。

ブッシュ　それでは今日の労働を開始します。安心安全第一でよろしくお願いいたします。斜面に足をおろすとき、危ないと思ったら、あとへひかず、勇気を持って前へ出してください。後ろは足をとられ流しそうめんです。また山山道《やまやまみち》を行く際には天を仰ぐことなく、歩調と呼吸とを合わせ、ときどき深呼吸して整えてください。万が一、身体が汚染された場合にはすぐに下山山《げざんざん》し、洗浄しましょう。時間が経済です。食事をする際には、常にこれが最後の食事だと思い、水は必要最低限の摂取に留めておいてください。そして行く道と帰る道のことをけっして忘れないでください。さあ、今日も見えない敵を求めてサーチ＆デストロイです。山山・モア・ピーポー！

作業員　おれたちはいつものように山山を登り始めた。

夫　お前の足跡は小さいなあ、わたしはいつもはみ出してしまう。

ブッシュ　それでいいのです、もしブッシュが使い物にならなくなったらすぐに見限り、ブッシュの足跡を踏みこえ、未踏の地に新しい足跡をつけていってください。ブッシュはいつかそれを見つけますから。それにしても、(足を止め、振り返り、自分を指差して)どうしてブッシュの名前はブッシュなんですか。

夫　なんてどうでもいい質問をするんだ、ブッシュ！

ブッシュ　あなたたちの世界では名づけの理由がどうでもいいなんてことがあるのですか。

夫　ブッシュ、すまない。陰毛だ。

作業員　あるいは茂み。

夫　お前はわたしたちが入ることのできない茂みをかきわけて前進するんだ。わたしたちだけではもう後退することしかできない。

作業員　大統領もいたな。

ブッシュ　ブッシュという言葉には陰毛、茂み、大統領からさらに派生して悪の枢軸やらイラク戦争やら小泉やら野原のバカみたいにたくさんの意味がくっついてまわるのですね、やれやれ。ご理解いただきたいのですが、ブッシュはいまあなた方がご覧になられているとおりのそれ、それ自体、ブッシュ・イズ・イット、です！

夫　わかったわかった、お前はブッシュに包まれているんだな。

ブッシュ　それではブッシュにあなたたちのお名前を教えてください。

作業員　おれたちは無名。

夫　そう、無名を共有しているんだ。

ブッシュ　番号はありませんか。

夫　失礼なやつだ。

ブッシュ　それではあなた方おふたりはどうやってお互いを呼びあうのですか？

作業員　おいこらまぬけ。

ブッシュ　それらは一般的に汚い言葉とされておりましてブッシュには使えません。
夫　お前は一般代表だもんな。
作業員　たくさん名前があっていいだろう。
ブッシュ　どうしてちゃんと名前で呼び合わないのです。
作業員　どうしてそう名前で呼び合うことにこだわっている。
ブッシュ　もしあなたたちがはなればなれになったとき、まず思い出すのは自分の名前を呼んでいた声です。それが糞馬鹿間抜け、ああブッシュを作りたもうた神々よお許しください、そんな言葉だったら悲しいでしょう。それではブッシュはあなたのことをたくさん、あなたのことを少ない、と呼びます。
夫　ちょっと待ってくれ。一般的に少ないというのはよいことではないだろう?
ブッシュ　たくさんしごとがあると嫌でしょう?
夫　まあ、そうか、でもしごとが少なくて食えないのも嫌だ。
作業員　お前の髪の毛は少なくはないのだから別にいいじゃないか好きに呼ばせておけば。
夫　ああ、好きに呼べ。
ブッシュ　これは約束みたいなものです。
夫　お前と約束なんかしたくないね。
ブッシュ　人間は約束する動物だとうかがっていたのですが。
夫　お前とは、約束したくないんだ。

ブッシュ　なぜ差別するのですか？　ブッシュが人間じゃないから？　ブッシュが細かいところにうるさいから？　そうなの？
夫　ああ、じゃあ、タチオと呼んでくれ。
作業員　おれのことはヤンでいい。
ブッシュ　もっと早くそう言ってくれればこの5分は節約されました。
夫　プログラムまで貧乏くさくなっちまって世も末だな。
作業員　このしごとには終わりがなくてそれが最高なんだ。
ブッシュ　それでも一日は終わります。
夫　一日の終わりに風呂に入って家族でめしを食って酒を飲んで眠る、そしてまた終わりなきしごと。最高の人生だ。
ブッシュ　いいんですねそれで。
夫　ああ、いいんだ、これで。
作業員　あの日を境にすべてが壊れる壊れていくそう思っていたのに。
夫　わたしたちはあの日に抵抗していまを勝ちとったんだ。
作業員　それでもまたあの日はやってくる、おれたちはまだあの日に何が起きたのかよく知らないだけなんだ。
夫　お前の身体はあの日に何か変わったのか？
作業員　あの日があったからおれはここにいてどんなにひどい状況でもその最中にいれば

何かしらの生きる手だてを見つけるんだが変わってしまったのはこの場所だけでなくおれたちを見る目で、差別する目が目に見えるものになって増幅して差別されるようなことは何もなかったというのにその要素は目に見えないから差別されるんだとみんないうのならおれは差別される要素をぜんぶ自分の皮膚に取り込んで正々堂々みんな差別させて気持ちよくさせてやろうってな馬鹿馬鹿しいと思うだろ馬鹿馬鹿しいんだ。家に帰って娘の顔が潰《つぶ》れるまでよく見てみろ。

夫　娘の顔をよく見ない日はないしおれは娘の顔を潰そうとするやつを潰してやる。

作業員　何も変わらないか？　蔑《さげす》みの灰色の斜線が引かれてないか？　お前が何か聞いてもうつむいて何も答えないなんてことはないか？

夫　どんな些細な変化も見逃さないように鬱陶《うっとう》しいぐらいに見つめているが、そんな徴候は見られないね。くだらない心配をするな。わたしたちが誰にどう見られていようが、しごとはしごとだ。やらないでいいなら帰るぞ。妻と娘に会いたいんだ。お前もいっしょに夕飯どうだ？　娘の顔が見たいんだろう？

ブッシュ　はい、ブッシュは娘の顔が見たいです。

作業員　お前にも欲望があるのか。それはちゃんと制御されているのか。

ブッシュ　はい、大丈夫です。ブッシュたちはこれまで歩きすぎたし、待ちすぎました。たまには待つのをやめて、走ってみたらどうです？

夫　いやあ、一本とられたなあ、まったくもってそのとおりだ、走って帰るぞ！

作業員　おれはやってくるものは何でも待っているしみっちゃんの顔は脳裏に焼きついてしまって毎日夢に見るしおれの眠る場所にひとりで歩いて帰りたいんだ。

夫　お前、もしかして、ミチコのことを…

作業員　おれはミチコの夢なんか見たくないんだ。

夫　だだっこだなあ、中年男は手に負えんよ。

ブッシュ　ひきこもり体質なんですか？

作業員　どうしておれが走らなきゃいけないのかおれの疲れた身体はそれがわからないんだ。

夫　さっちゃんとみっちゃんが待っているからに決まってるだろうが！　来い！　早く！

作業員　山山だよ。

ブッシュ　山山？

夫　ああ、山山を越えて、来い！

ブッシュ　山山、越える、ブッシュは？

夫　ミチコはお前には会ったことないからな、これからの話だ。

ブッシュ　ミチコに早く会いたいのは山山ですが、ブッシュには走るという動詞の意味がインプットされているだけで、走るを実行することはできません。先生たちはどうしてそんな意地悪なことをするんでしょう。

夫　おれたちがおぶってやればいいんだ。

作業員　おぶってやりたいのは山山だが、この山山は登るときも下るときもこいつの後をついていかないとだめなんで、いくら愛が先走っても、その規則は追い越せないんだ。

夫　走れないじゃないか。緊急事態のときはどうするつもりだ?

ブッシュ　爆発します。

夫　走れよ。

ブッシュ　山山ですよ。

夫　転がり落とせばいいんだ!

ブッシュ　ブッシュが壊れるのでやめてください。

作業員　ころころと転がればこころもできあがるだろうさ。

ブッシュ　ブッシュにだってこころはあります。

夫　ここでは走ることも許されていないなんて!　このだらけきった風景を変えるのは走ったときに流れる何本もの線だろう!　わたしたちを動けなくしてただの首振り人形にするのは社員たちの長年の願いだろうから却下しろ、お前は社員の命令には首を横に振り、おれたちと同じ動きをインプットするんだ、地面を一歩一歩踏みしめるのはまだ早い、走って走ってお前が見たものこそがお前を作った世界で、ここでただ眺めたものはお前の世界ではないんだからな!　おお、崇高な定時だ!　一刻も早くここから脱出する、そして家路をダッシュするんだ!　いいな!

愛１　解体

妻

わたしが設計し、夫が建てた家は、わたしたちがよそに避難しているあいだにひびが入り、隙間風が通り抜け、寒々しく、壊れかけ、まるで誰かに差し押さえられたみたいによそよそしいものとなっていました。当然ね、わたしとこの家とははなればなれになって別の時間を生きてきたんだもの。この不和のおかげで普段ふわふわしがちなわたしは廊下を歩いていても台所に立っていても安楽椅子を揺すっていても不自由さを感じて、ここでたしかに生きていることを知りましたが、やはり不和は親密なものに変えなくては、と、この家に加えられた時間の圧力を想像しなきゃ、と、この家をあの日の、ではなく、現在のわたしたちのモニュメントにしなければならない、と、わたしと娘はあの日、家を解体し始めました。娘は屋根を剝《は》がし、わたしは壁をぶち抜き、四本の柱に囲われた居間と寝室が丸見えになりました。

娘　ねえ、ママ、どうして屋根まで剥がすの？

妻　風の通りが悪くなるからよ。

娘　ずっと前からそうだったじゃない。

妻　あの日までの生活はまあまあ、器《うつわ》のほころびは風通しのよさとさえ思ってたわ。いままでだってなんとか、でも、ああよかった、今日はあの日のことを思い出さなかったわ、と思ったときには時すでに遅し、両手は胸に、傷はわたしよりもよくあの日を知っていて、ことあるごとにあの日を思い出させるから、いま、家全体を解体する必要があるの。

娘　雨に濡れちゃうじゃない。雨ってとっても汚いんだから、雨音を聞く余裕すらなく逃げなきゃなんだから。

妻　バケツを被《かぶ》って雨音を聞いてみなさい、とってもいい音だから。

娘　ねえ、ママ、どうしてママはパパと結婚したの？

妻　いま壁をぶち抜く最後の一発ってところなんだからどうでもいい質問しないで。

娘　わたしがこのくそったれな世の中に生まれてきた原因なんだから、ちゃんと答えてよ。

妻　ああもう！　パパがわたしを愛しているからにきまってるでしょう！

娘　ママはパパのこと、愛していないの？

妻　考えたこともないわ、いい、大事なのはパパがわたしを愛している、それだけ。

娘　パパの負担大じゃない？

妻　わたしが、どれだけ、この家、を維持するのが大変か、見りゃわかるでしょう?

娘　おうち、壊してるじゃない。
（最後の一発）

妻　あのね、リノベーションだろうがリサイクルだろうが何ごとも再生したいと思うのなら、一度解体しなきゃだめなの。

妻　いくらかすっきりしたわたしたちは居間のこたつに入って茶を飲みながら歪《いびっ》な四角形に切りとられた夜空を眺めていました。真っ白な灰が降ってきて、わたしの乾ききった手はそれを捕まえました。これでやっと、家を捕まえることができる、わたしはそう思いました。

娘　ねえ、母は生活に呑《の》みこまれてる、台所に埋めこまれてる、子どもたちにのっとられてるって思うことある?

妻　そりゃあね、全身すっぽりすっかりわたしの人生は包まれているわ、あなたたちとその生活ってやつに。

娘　わたし、家を出て、アメリカに行こうと思うの。

妻　馬鹿じゃないの?

娘　一回ぐらい見てみないと馬鹿をみることもできないじゃない。

妻　馬鹿をみることがわかっているのに行くのが馬鹿だって言うのよ。

娘　いいえ、馬鹿は馬鹿をみることを知らないでするから馬鹿なのよ。

妻　まあでもわからないでもないわ。ここはまるっきり違うんだもの。でもアメリカ以外にもたくさんあるわよ。中国とかロシアとか、まあフランスでもドイツでもいいわ、なんでよりにもよってアメリカなのよ。

娘　マッチョな悪意のやることが世界でいちばん強いんでしょ？　軟弱な自分をひた隠しにしたいがためにマッチョに振る舞う男たちをやさしく飼いならすにはアメリカからの帰国子女が最強なのよ。

妻　アメリカの力を借りて腐った金玉を去勢したって意地になった男たちは群がってあなたを取り囲むわ。女は筋肉の努力なくして勝つの。結局、わたしはわたしの言葉とわたしの身振りでわたしを守るほかないのよ。

娘　とにかくわたしは父と母と長男の幻から離れて、よそで暮らしてみたいの。

妻　パパがそれを聞いたら気絶するわね。

娘　激怒するべきなのよ。パパだってアメリカの友だち気分でいるわけじゃないのだから、ずるいのよ、かわいこぶって泣いちゃったりして、見てられないんだから。

（遠く見えないところで夫が「わたしが怒るとお前たちはもっと怒るじゃないか！」と叫ぶ）

妻　あなたを愛しているから、それは仕方ないわ。

娘　いいえ、親父が愛しているのはお母さんだけよ。

妻　そうね、そうじゃなきゃ、あなたは生まれてないんだから。でも、あなたへの愛は別の愛。こんな糞だらけの世界にもね、比較も計量もできない他に交換できないものがあるの。

娘　わたしがここを出ていっても？

妻　精神的にも肉体的にもわたしたちは撲《ぶ》たれるでしょうけど、愛はなくなったりなんかしないわ。

娘　わたしにもそれがあると言える日がくるのかしら。とてもそんなふうには思えないのだけど。

妻　あなたにやってくるものをあなたが意志していれば、それがやってくると思っていれば、それは必ずやってくるわ。

娘　お母さんはずっとここでまた別の何かが来るのを待っているの？

妻　いいえ、わたしはもう待たない。汚されるがままになったこの土地で、どうしてわたしたちが街で暮らす人たちの生活分まで引きうけなきゃならないのよって思ってるわ。この生活はわたしたちにはふさわしくない、だから解体してるんじゃないの。

娘　でも、きっとパパは満足しているわ。

妻　だから、わたしはパパを捨てるかもしれない。

娘　爆弾ね。お母さんは偉いわ、汚い山の麓で愛することしか能のない優夫《やさお》と結婚して、海が見える高層階のお部屋も床暖房もかぐわしい隣人もいない生活を送ってきたんだもの、でもわたしは嫌なの、絶対に生活に困りたくないの、愛は地球を救うかもしれないけどわたしは救わないの、わたしは普通のレベルがほしいの。

妻　あらあら困った子ねえ、平均ならあるけど普通なんてどこにも存在しないのよ。でもたしかに自我の代わりに意地が異常に発達した街の人たちは相対的な普通あるいはそれ以上を維持するために日々異様な努力を重ねているけれども、それは倒錯甚《はなは》だしい振る舞いで、得られるのは普通じゃなくて人間的な疲労と徒労なのよ。

娘　街にある何を見たってイメージしかないんだからわたしには不特定多数人の生む普通イメージじゃなくて、わたしはわたしが作る普通のイメージに取り囲まれて生きていたいの。

妻　それで山山は普通じゃないって言いたいのね。

娘　うん、普通じゃない。

妻　それは不特定多数人のイメージと同じよ。

娘　でしょうね、だってわたしがいる学校も部室も友だちの家もぜんぶのかたちがふっつーなんだもん普通になるにきまってるじゃない、さすがにね今は平成だから黙示録を胸に抱えて教壇に立つヨハネ先生は世界は男尊女卑で成り立っているんです女は結婚して子どもを生むべき男は長時間労働で家庭を支えるべき子どもは大人しく年寄りの意見を聞いてハイになるべき女の無言は同意とみなす暴れればねじ伏せるべきなんてダイレクトには言わずに平静を装う平成オブラートに包んで言うんだけど明治大正昭和から中身変わってないじゃんいま先生が言ったことぜんぶ間違いです基本的人権ググれカスってみんなでビブラートを響かせましょうよ、ねえ、って左右の同級生たちに同意を求めるんだけど女子たちは無意識裡に男のことを考えさせられながらせっせと眉毛を描き直しているし男子たちはあっちゃんおれ推しーってスマフォを見せあいながらそのじつ女の子について考えようともしないでお前謎とかいって鼻糞をなすりつけてくるしで今はまだ鼻で笑えるけど将来きっと笑えないことになるやっぱりみんなが普通だと思いこんでることが一番異常なのよ、こんな命題偽《ぎ》にしといてくれたらいいのに休み時間にその子たちは一瞬にして不気味な鬼に変わって、わたしがうとうと居眠りしているとばらばらばらあって音がしてああまたヘリコプターが耳元でうがいしよるわ思うやんかばっと飛び起きたら机のまわりにトイレットペーパーの芯ばらまかれとるやんか（間）みんなの汚れたおしりを拭くために心をむしり取られて空洞になってしまった子どもたちの顔が天井に貼りついたまま床に散らばった芯たちを見下ろしている（間）もちろんみんなは気づかないまま階段を駆け上がっていってわたしはもう会えないひとたちに語りかけるための参考書を探しても見つからないからたくさんのトイレットペーパーの芯たちに一本の長い紐を通して一人で校庭を散歩させてあげてるのだからわたしのあだ名はお新香なのよ、ああもう教室マネジメントのストレスで肌がぼろぼろセーラー服マシンガンでズタボロフェアー開催してもいい？　でもね、ほんとのほんとはみんなヨハネ先生の言うことなんか信じちゃいないんじゃないかってある日いたいけな顔顔をじっと見つめてたらみんなヨハネの話なんてすっかり馬鹿にしててずっとずっと遠くにある未来の自分を見据えてて青春の特権であるイマの謳歌なんて大人たちの幻想でしたわめでたしめでたしみんな楽しいナウよねめっちゃ楽しくないナウって絶えずラインを繋いでいれば楽しいナウになって国語ナウすなわち来るべき面接のために塾講師と面談ナウすなわち来るべき保身のためになってみんな自分の未来を保守するために未来の連帯保証人を見つけだすためにただ黙っているだけなんだってことがわかっちゃって鳥肌立っちゃった（間）反抗もせず懐柔もせずただただ受け流す巧妙な戦略だと思うけどどれだけ無視してもみんなが毎日直面する講師先生親の顔かたちの影響は受けてしまうし、まだ10年そこらしか生きていないのに気の滅入るたくさんの情報から未来のかたちまで与えられてしまって、教室も校庭も変態たちが跋扈《ばっこ》する帰り道も仄暗《ほのぐら》い（間）だからアメリカに行くの。
んもう、わがまま短絡ね、かわいすぎるからその小指を食べやすい大きさの乱切りにしたくなっちゃったわ。

妻

夫　疲れきって足が重かった。ブッシュが走ろうとしないから、しごとが終わらなかったんだ。それでもわたしたちには不死身のあいつが、身代わりが必要だったのだから、仕方がない。ああ、ソファに腰掛ける妻が電気を点《つ》けるのも忘れて暗い顔を纏《まと》っていなきゃいいな。いや、暗い顔でもいい、わたしが何かおもしろいことを言って笑ってくれさえすればいいんだ、わたしはわたしの重い足を奮い立たせて家路を走った。

夫　（庭から家を眺め）おやおや、わたしたちの家が壊れていく。

妻　（出迎え）あらあら、そんなこと言わないで。

夫　一日でよくこんなに壊せたね。

妻　そう、大変だったわ、ここに帰ってくれればまた元どおり、包丁を掴《つか》む感触とか物干し竿へのシーツの干し方とか庭の歩き方とか、戻ってくるものだと思ってたんだけど、うまくいかないの。そういう感覚がなきゃ、これは家だなんて言えないでしょう?

夫　そうだな、ここをわたしたちの聖地にしなけりゃならないものな。屋根もひっぺがしたのかい?　屋根はね、雨が降ったときの傘になるんだよ。

妻　ひとつの傘のもとみんなで抱き合っていればいいの。

夫　最高だ、雨が待ち遠しいよ。

妻　はい、その汚れた服を脱いで、重力も脱いで。（夫の服を脱がす）

娘　あ、タチオ、おかえりなさい！　今日もおしごとおつかれさま！　大好き！

夫　ああ一日の終わりにこんな、なんていい一日だ！　ミチコが名前を呼んでくれたのは15年ぶりじゃないか、しかも大好きだなんて…　めしも風呂もいらないよ、おやすみ。

妻　わたしのハンバーグがいらないっていうの？

夫　ああばかだなあわたしは、なんていい一日がなんてなんてなんていい一日になることにも思い至らないなんて、ハンバーグ、食べよう！

娘　ねえ、わたし、アメリカに行こうと思うの。

夫　馬鹿じゃないの？

妻　ほらね。

娘　いやアメリカ。

夫　だめだだめだあんな危ないところ！　着地した瞬間バンバーンだぞ！

娘　ニュースと新聞の見過ぎで洗脳されてるのよ。

夫　第一、そんな金はない。

娘　ださ。

夫　ぐさ。

妻　もう、疲れきっているひとに喧嘩を売っちゃだめよ！

夫　いや、いいんだ、何も言ってくれない恐怖のほうが勝るからな。

娘　教室にいてね、廊下で誰かがアメリカって叫んで、ああそれも悪くない、わたしはそこで何かを見つけるかもしれないって直観が生まれたの。
夫　まるで小津《おづ》の原節子《はらせつこ》だ。
娘　小津の原節子って誰よ。
夫　小津の原節子も知らないでこの国を軽蔑してアメリカに行きたいというのか。
娘　わたしはね、ただ別の場所から自分と自分のいる場所を見つめたいと思ったの。
　　アメリカの荒野で小津の原節子を観ればいいんでしょう?
夫　アメリカの荒野で小津の原節子を観るのはたしかに良さそうだ。さっちゃん、負けそうだよ。
妻　そもそもが負け戦《いくさ》なのよ。黙って金を出しなさい。
夫　いやちょっと待ってくれ、いったい山山の何が気に入らないんだ。
娘　ああお腹ぺこぺこ、ハンバーグ食べようよ。
妻　そうね、そうしましょう。（皿を持ってくる）
夫　（食べて）味がしない。
妻　出てって、いますぐここから出てって、もう二度と帰ってこないで。（塩を撒《ま》いて夫を追い出す）
　　いやちょっと待ってくれ。（庭から家に向かって叫ぶ）エプロンの柄まで丸見えだぞ！
夫　塩の味がするぞ！　言い間違いだったんだ、さっちゃんのハンバーグの味がしないんじゃなくて、わたしの舌が味を感じられなかったんだ、ぜんぶわたしのせいだ、ぜんぶわたしが悪いんだ、さっちゃん、ミチコがアメリカに行くなんて、そんな危険なこと、認められるわけがないじゃないか！

社員 ミチコ！（家に土足であがる）

娘 ミノル！

夫 え？　いや、鬼だよ？　そうか、鬼はミノルって名前だったのか。どうでもいい。ああぐるぐる回ってる、ああこれが自転ってやつか、わたしたちの世界でいったい何が起きているんだろう。（社員を追って家に入り、靴を脱がせ、家から押し出そうとする）

妻 やっぱり鬼に捕まっちゃったのね…

社員 アメリカに行くって、本当なのか？　（以下、夫ととっくみ合う）

娘 うん。

社員 おれを山山にほうって、アメリカに行くのか。

夫 行ってわたしを忘れるがよいとぐらい言えないのか！

娘 わたしがアメリカに行くだけ、別に何もほうったりなんかしない。

社員 おれはミチコにアメリカに行ってほしくないと思っている。

夫 どうでもいいがお前《社員》は本当に糞野郎だと思う。

娘 感想、ありがとう。わたしは行く。

社員 もう何も変わらないかい？

娘　ごめんね。
社員　もう、何もかも嫌になった、仕事、辞《や》めようかな。
娘　そっか。
社員　どうして何も言ってくれないんだい、どうしてひとりで勝手に決めちゃうんだい。
夫　ああだめだ気持ち悪くなってきた。
娘　はい、お水、飲み干して。（水を夫の顔にかける）
社員　どうでもいいんだな、私のことなんて。
娘　嫌いになったわけじゃないのよ。わたしは太平洋を越えて、行くの。年中半袖の少女みたいに無鉄砲でバンバーンって撃たれに行くようなものだってことはわかってるけど、わたしは行くの。道なんてあってもなくても関係ない。別の景色があればいい。いつだってこの小さな全身で飛び込んでいって、全身で愛するの。ね。そのわたしを遠くからでも近くからでも眺めて、かわいいって言って眺めてて。
夫　おうおういけいけいってまえ！
社員　なんでこんなにかわいいんだろう絞め殺してしまいたいよ。
夫　さっきから黙って聞いてりゃ、好き勝手言いやがって、ほとんどわたしの台詞だぞ、わたしがお前を殺してしまいたいよ。
社員　お前はクビだ！
夫　山山だね！

妻　よかった、これでもう何も隠れているものがない。

娘　（夫と社員がとっくみあうのを柱に寄りかかって眺め、独り言）彼は愛するふりをして愛されたいと思っている、かわいいわ、でもわたしのほうがかわいいに決まっているからそれは間違い、親父の愛はより複雑なのよね、わたしに愛されたいとか思ってないんだもの、本当にしつこい、彼よりもよっぽどしつこくて厄介、でも彼のしつこさと違うのはその愛が親父のためでもわたしのためでもなくそれ以外のためって気がしないでもないってところが厄介なのよね、親父がわたしのためだなんて言ったらぶっとばしてやるところなんだけど、何かのためとかそういうことじゃないんだ、とかキザったらしいこと言っちゃって、じゃあどういうことなのか言ってみたらどうなの、って、わたしまでしつこくなってしまって、ほんと嫌。でもねえ、親子だからねえ、やっぱり愛って何だかようわからん、なんでおかんがおとんと結婚したのかもようわからん、別に誰だってええやん、何がいったいそうさせるん、金、価値観、社会的地位、赤ちゃん、ごっつ普通やわ、それが愛やって言えたらロマンやけど、言うだけは高くつくタダやもん、彼はお金もそれなりの地位も持っていて何不自由なく暮らせるだろうけどそれは交換可能、彼はわたしを愛していて愛されたがっているそれだって交換可能、彼とわたしでなければならない固有の理由を作るために、わたしは彼とたくさんの同じ時間を過ごして、同じ習慣を形づくろうと努力したけど、いま、理由はいったいどこにあるん。アメリカ？　そうねえ、そうよ、そんなものよ、彼はしょぼくれて泣き叫んでいるけれどもわたしの手足口は動こうとしないし、わたしでなかったものが彼の上に被さることもない。これでもう終わりなのね。

娘　出てって、わたしを見かけても見えないふりして、出てって。

夫　不思議だ、わたしはいったい何度追い出されればいいんだ、嫌だ、出てってもまた帰ってくるだけだ、出てったっきりは失踪だ、わたしに失踪してほしいのかい？

娘　そこの平社員に言ってるのよ！

社員　その一言でいま私の太い首が大海原を飛んでいったよ、私はこれからその太い首を追い求め、ミチコのいるどこにだって姿を現すだろう、だって嫌いになったわけじゃないんだもん、な、また、ニューヨークで。

妻　あの、ハンバーグ、食べていかない？　ひとつ余ってるの。

夫　それは、わたしのハンバーグだ！

妻　誰にもわたしの作ったハンバーグを所有する権利はありません。

夫　さっちゃんのハンバーグ、大好きなのに！

社員　お誘いいただき、大変光栄です。しかし、私はすでに家族の穏やかな夕食の時間をかき乱…

妻　まあまあつまらない社交辞令はそこまでにして、早く帰って枕を濡らしなさい。
娘　さようなら、社員。（社員の頬《ほほ》に接吻する）
社員　さようなら、ミチコ。（社員は家を出る）
夫　さっちゃん、さっちゃん！
妻　タチオ、たくさん負けちゃったわね。もう立ち上がれない？　まだまだ生きていける？　もう味がしないなんて言わない？　明日からミチコがいなくなっても元気におはようって言える？
夫　さっちゃん、愛してるよ。
娘　ああやだやだ。
夫　そういうわけだ、ミチコ、絶対に死ぬんじゃないぞ。日付変更線のことなんか気にするな、わたしは片時もミチコを忘れることができないし、ミチコが遠く離れたところにいたとしても愛することには変わりないんだ。愛は死ぬためにあるんじゃない、生きるためにあるんだ。絶対に生きて帰れ。そして願わくば毎晩メールしてくれ。そのワックワック調子だと好んで危ないところに行きそうなもんだが、ジャッキー・チェンで我慢してな、実際に危ない場所は噂がなくともありふれていて、どこにでもあるんだからな。さあ、ハンバーグ、食べよう。

労働2　観光

カップル

わたしたちは生きているあいだに一度、あの日失われた場所に取り残されたあの山山がすっかりなくなってしまう前に、見ておこうと山山を訪れました。ようやく辿り着いたところにツアー客らが群がっていました。ガイドが両手で山山を指差して、あれが山山です、一方は美しい山でしたが、もう一方の汚れた山に侵食され始めています、このような汚れの伝染を防ぐべく、作業員さんたちは交代制で朝も昼も夜も、精を出して働いています、誰もが忌《い》み嫌う作業を、他ならぬわたしたちのために、わたくしごとで恐縮ですが、わたくしも作業員さんたちの作業に参加したい気持ちは山山なのです、しかし、やはり死ぬのはいつも他人なのです、作業員さんたちはわたくしたちの吸い込む空気の守護神です、彼らなくしてはわたくしたちの世界は地獄です、もしかしたら、今日は彼らの姿をちらっと拝むことができるかもしれません、と言って、吉永小百合《よしながさゆり》のような微笑みを浮かべたので、たまたま居合わせただけのわたしたちはありがたくなって両手を合わせました。

ガイドの説明を静かに聞いていたツアー客らは、たまに波の爪痕や山山の汚れを指差してひそひそ声で目配せしてうなずき、直接関係のない悲しみを前にしたときに作るべき厳粛な顔つきを保っていました。画面上の俳優のそれよりよっぽど上手なその顔顔《かおかお》はかれらのこれまで生きてきた辛《つら》く楽しい人生に培《つちか》われた渾身《こんしん》の演技で作られており、人それぞれの山山谷谷のプロセスを想像したわたしたちは涙しました。これを最後の見納めにきたのか老夫婦が、彼らはここで働いて、わたしたちの問題を解決してくれているのね、そう、これで最後だ、もう、じゃあ、と呟きました。どうやらわたしたちの涙が誤解をうみ、啜《すす》り泣きの湿った空気がみんなに伝播《でんぱ》してしまったので、わたしたちはかれらから離れて山山を眺め、そこにあるものをたしかめに行こうと歩き始めました。追随者はいませんでした。

社員　おい、そこの君たち、何をしているんだ。ここは立ち入り禁止区域だぞ。

カップル　観光しにきたんです。

社員　ここはね、まだ観光できるような場所じゃない、危険なんだ。

カップル　でもだって、この山山こそがあの日の象徴じゃないですか。山山は一日にしてならず、山山を見て語れ、いわば観光の目玉ですよ？　それがあんなに遠く隔たったところからしか見れないだなんて、おかしいでしょう。くそおかし。

社員　それはうちに言われてもねえ、ツアー会社のほうに言ってくれないか。

カップル　そうやってまたたらい回しにしようったって、そんな時間はないんですよ。いまこのときここで見ておかないとだめなんです。
社員　そりゃあ、私だって見せてやりたいのは山山だけどね、これがいつものやり方だからな。
カップル　じゃあ、どうしてあなた方は入れて、わたしたちは入れないんですか！
社員　私たちはここで働いている労働者で、君たちはただの観光客、わかるよね？
カップル男　同じ空間が、市民の資格に応じてまったく異なった場所として立ち現れるわけだ。
カップル女　要するに差別ね。
社員　いや面倒くさいだけ、そろそろ警察呼んじゃうよ。
カップル男　ああいつものイヌの鳴き声だ、行こう。

カップル　わたしたちはあきらめず、もぐりから教えてもらった山山の裏側の抜け道から入りました。

作業員　お前たち、真っ裸で何してるんだ。
カップル　ちゃんとおしゃれしてきたんだから。
作業員　何歳だ？
カップル　20歳と27歳。

作業員　どこから来た？
カップル　東京。
作業員　職業は。
カップル　コンサルとテレアポ。
作業員　お前たちは馬鹿だ。
カップル　なんですって。
作業員　防護服を着てないやつは馬鹿だ。
カップル　そんなもの要りませんよ。
作業員　死ににきたのか。
カップル　死ぬ理由がありません。
作業員　じゃあデートできたのか。
カップル　ええ、真面目なデートできました。
作業員　よくわからないな。
カップル　真面目にデートできたんですよ。
作業員　不真面目なデートがあるのか。
カップル　そりゃあ街に山山ほどありますよ。
作業員　おれの知らぬ間に世界は変わったんだな。
カップル　あなたたちのデートは真面目だったんですか？

作業員　デートに真面目と不真面目の区別があることに驚いているんだ。
カップル　この場所のことをあなたたちといっしょに考えたいんです。
作業員　ＮＨＫも大喜びだな。
カップル　いやいやデートっていうと不真面目だと思われるじゃないですか。
作業員　ここでは別にそんなこと、気にする必要はない。
夫　デート・スポットになったというのなら山山は平和ってことだ。
作業員　何も知らないだけじゃないのか。
夫　何も知らないというのは平和なことだ。
作業員　何かを知れば不幸になるのか。
夫　ああ、何もかも忘れてしまえば平和になる。
作業員　突然思い出して平和は終わるんだ。
夫　突然すばらしいことを思い出すこともある。
作業員　勝手に記憶が浄化して、それはただの思い出だ。
夫　ただの思い出、すばらしいものがあるもんだねえ。これまで作ってきた山山の思い出があるから、わたしはここにいるんだ。
作業員　思い出が苦痛に変わったのがある日のあの日で、また生きていくために思い出を強制消去しなきゃならなかったんだ。
夫　そう簡単に消去できるなら思い出でも何でもない、不意の落下や、転がっている

作業員　石へのつまずきや、雨とともに降ってくる言葉がわたしに思い出させ、悲しい気分になるときもあるだろうが、その悲しい気分とやらもまた外からやってくるものだ。だから、わたしはまた声を出して応答することができる。やあ、またやってきたね、これまでどうしてたんだ？　ってな！

夫　その思い出させた当のものあるいは思い出の内容ブツは応答しないからなおいっそう悲しくなる。

作業員　お前が欲しがる応答以外の応答はどこにだって転がっているんだ、思い出は悲しいだろうが嬉しいだろうが眼と耳をなおいっそう外に向けるものだ。

夫　思い出したように黙祷《もくとう》するのが嫌だから、思い出すべきものを消し去ったんだよ。お前の身体はあの日にもたしかにあって、頭の中からどれだけ消そうとしたって身体はあの日を覚えているのだから、あの日もまたお前の現在に強く巻き込まれているのだから、身体に無理をさせないでくれ。

カップル　ちょっとちょっとけんかはだめですよ。こんなろくでもないところで働いていれば思い出すべきことも穢《けが》されてしまうでしょうよ。よそにはもっと安全に思い出を育《はぐく》める安定した収入が保証されたよいところがありますよ。

作業員　このおれの労働はあの日が決めたことだ。

カップル　あの日っていつですか？

（沈黙）

カップル　じゃあ、わたしたちにもあの日はあるんですね。
作業員　どうだろうな。
カップル　いったい何があったっていうんですか。
作業員　忘れた。
カップル　それでもあの日があったっていうんですか。
作業員　あの日は突然またやってくる。
カップル　山山にいるからいけないんですよ。
作業員　どこにいったって脳みそはついてまわるからな。凹《へこ》んだよ、ここが。（頭を叩く）
カップル　脳みそが勝手自然に凹むわけじゃないでしょう。脳みそは外から殴られるんでしょう。ここ山山にはあなたの脳みそをぼとぼと凹ませるものがたくさんあるわけじゃないですか。どこか海辺でも街でもハリウッドでも知らないところに行ってそこで暮らしましょうよ。ここにはあなたを殺すための時限爆弾がたくさん埋められているんですよ。あなたたちはなんともないんですか？　本当に？

夫　基本的に、爆弾は人それぞれに仕掛けられている。わたしは地面に横たわったひとの身体を見て、爆発した。だから、お前たちも気をつけたほうがいいぞ。

作業員　いいか、おれたちは爆弾を手で摑んで黒い袋に詰める。目を開けて、この現実の見えないとされる物質を見る。鼻で自分の摑んだ爆弾と土の匂いを嗅ぐ。お前たちの声を聞いて、声を出す。これは文字どおりの行為であって、仄めかしでも隠喩でもないのだから別の意味といったものはなく、ここに意味があるとしたら行為の意味だけだ。ここではそうすることが必要とされていて、お前たちがそうしないというのなら、ここは何にも変わらないんだ。

カップル　それは貧しいですよ、どんな行為でも意味はたくさんあるんですよ。あなたがわたしの腕を摑んだら、怒ってるのかな、嫌がらせなのかな、引きずり込まれちゃうーと複雑な感情と意味に襲われます。いくらあなたがわたしの腕を摑むことで発する意味は唯一無二だと言ってもね、摑まれるわたしにはたくさんあるんです。ここにいるのはあなたひとりではないではありませんか。

作業員　最初はそうだ、意味は明確な行為にならずにあいまいで多義的でふわふわだが、ここにいて同じ時間を過ごしていれば汚れ、食い物、睡眠、疲労とおのずと共有するものが増えてくる。だからおれとこいつはずっとここで動きまわって、話し終わるということがないんだ。

カップル　それでも夜になれば労働も終わるでしょう。

夫　ああ、終わるとも。そしてまた明日だ。

カップル　山山が間違った場所だとは思わないのですね。

夫　どこに正しい場所がある?

カップル　山山以外の場所です。

夫　街のニルヴァーナでヨガでもやってろよ。

作業員　これで法外なおみやを摑まされて島流しだぜ。

夫　山山は人間がこしらえた糞で、糞をこしらえた人間も糞で、もはや自然糞状態とも呼ぶべき現状なんだ。

カップル　いいえ、糞でないところもあるんです。糞だ糞だと言って美しいものさえ汚してしまうのは他ならぬあなたたちなんですよ。

作業員　おいおい糞は多様性の塊の山山なんだぜ。愚かな権力をふりかざす政府を前にわたしたちは無力だと卑屈になった挙句《あげく》開き直ったメディアはこちこちに凝り固まった、嘘糞を四方八方に投げつける。あれは糞です、危険なのでけっして近づかず、安全な距離を保って、排除してください、なんて嘘糞なんかお見通しのお前たちはわざわざ本物の糞を確かめにきたのだから、つまらない嘘糞は打ち捨てて、ベッドの上のカップルのように山山とじっと見つめ合って、自分と山山を救助することだ。遠くで忙殺されている都市人間たちは現実に存在している山山をちゃんと見ることなく、ニュースやオカルトや陰口で安心して、死者たちの山山、神々の山山、荒地とかなんとか自分の身の危険を比喩に譲り渡して、山山を空疎にする。けどな、その目が見つめる山山がまさに内容であり、おれたちを囲む形式なんだよ。山山を見て、登って、降りて、身体とともに動かされた心が生む言葉と感覚が、山山だ。それでも語りきれないものが山山で、どれだけいっしょにいてもやっぱり山山の向こうに何かあるんだと感じるのだが、それが山山だ。他の何物でもない、まさに山山なんだ。あるがままと言うのは簡単だが、やってみると簡単じゃない、画面の中の山山はちっぽけだが、近づいて見てみるとでっかいだろ？　おれは山山をおれにして、作る。お前たちもそうしたければおれたちで、ここにあるがままの山山と、あるがままのおれたちである山山、毎日、それを作るんだ。

カップル男　(以下、それぞれが発語する) あ、もういいや、帰ろう。

カップル女　クリーンを装う掃き溜めになんて帰りたくない。

カップル男　終電だよ！

カップル女　いまこの状態で終電のことを気にかけられる神経を褒《ほ》めてあげる。

カップル男　どうだっていいじゃないか、山山なんて、おれたちには関係ないんだし。

カップル女　わたしは引き払うつもりで出発したわ。ついていけないって顔してるわよ。

カップル男　勝手に引き払ってろよ、おれはひとりでも帰るからな、こんなところ、来るんじゃなかった。

カップル女　ひとりでも帰るって言ってくれてありがとうございます。

カップル男　ねえ、どうにかしてくださいよ、山山のせいで、おれたちまでめちゃくちゃですよ。

夫　山山だな。

カップル男　何なんだよ山山山山言ってねえで、この子の意志を挫《くじ》いてくれよ、意志なんてすぐに後悔に変わるんだからさ、帰ろうよ。

夫　（耳打ちして）勝ち目はない。怒りは謝罪してやり過ごせ。言い返すぐらいなら黙ってろ。

カップル女　観光バスに乗って帰って愚痴と黄ばんだYシャツと下僕《げぼく》ばっかり再生産してるがいいわ、わたしは山山を作るんだから。

カップル男　木も葉も花もない汚れた禿《は》げ山山でいったい何を作るっていうんだい？　洗脳されちゃったのか？

カップル女　どっちが洗脳されてるのかしらねえ、あなたは最初から山山のことなんか考えずに自分の住んでいる家、上司のどうでもいいけどいらつく小言、電車の時間、欲しいものリスト、女の脚のことしか考えていなかった。それがあなたを構成するものだというのなら、それでいい。

カップル男　それだけじゃない。お前がいてくれないと、おれはだめになるんだ。

夫　いいぞいいぞ、まだまだ黙るな、そのふわふわした理由をもっと言語化しろ。

カップル女　もうだめになってるのよ、支配者から提示される選択肢はぜーんぶ支配者を利するためのもので、わたしたちが選択肢を作って、わたしたちが投票する制度は存在しないなんておかしいじゃない。わたしたちに決定させなさいよ。

カップル男　制度は作ればいい、でも時間がかかる、今日は絶対に無理だ！

カップル女　いいわ、じゃあ、今日のところは制度なしでわたしに決定させて。

カップル男　話し合いの余地はないのかい。

カップル女　平行線じゃ、ねえ。

カップル男　ここがひどいところだというのはもう存分にわかっただろう?　おれたちまで病気になっちゃうよ。(カップル女が男の頬を張り手する)あっ…　おれのコンタクトが君のコンタクトで…　痛い…　痛いんだよ!　頬じゃなくて、ここ(左胸を右拳で叩く)が痛いんだよ!　涙は心が生み出すんだよ!

カップル女　なあにぬかしてんのよ、あんたに作業員さんの痛みがわからないように、わたしにもあんたの痛みがわからないわ。ああ手が痛い。

作業員　暴力はだめだよな。

夫　ああ、暴力はだめだ、胸が痛む。でも、彼女はお前の痛んだ胸を想像して、張り手を繰り出したんだ。

作業員　いや、おれの痛んだ胸を想像して、自分の胸が痛んだから張り手をお見舞いしたんだ。

カップル男　痛んでいるのはおれの胸だ!

夫　ここにいるみんなの胸が痛んでいる、な、ブッシュ。

ブッシュ　ブッシュには痛みというものがさっぱりわかりません。

作業員　鞭《むち》の痛みも感じられないなんて、お前も大変なやつだな。

夫　痛みはデータ化できないからな。

作業員　だからロボットにヒトを殺させるんだ。

ブッシュ　ロボットは人間に危害を加えません。

山山

作業員　それはただの原則で、倫理のないところには原則もない。
夫　自分の手を使わなければぜんぶゲームだ。
ブッシュ　世界は短絡《たんらく》で成り立っているのですね。
夫　短絡はもっと笑えるものだ。
作業員　ゲーム中の兵隊さんは笑ってるさ。
夫　ヒトは自分の痛みすらよく知らないんだ。
作業員　じゃあおれたちもゲームを始めるとしよう。（作業員がブッシュの後背部を蹴る）
ブッシュ　やめてください。
作業員　痛まないか？
ブッシュ　やめてください、としか言えません。
作業員　暴力をふるう人間はやめてくださいと言われてもやめやしないんだ。
夫　暴力は他人に関する一切の事柄をシンプルに無視して一瞬でリアルを与えるんだ。
ブッシュ　いいえ、暴力が与えるものはリアルではありません。
作業員　じゃあもっと蹴ってやろうか？
夫　暴力は否定そのものだから暴力に関しては否定も肯定もないんだ。
作業員　暴力を無効にする受け身をとればいいんだ。
夫　暴力は痛みを生むことを目的としているのだから火に油を注ぐだけだ。
作業員　第一、何の宣言もなしに暴力をふるうことがゲームとして間違っているのだから、

夫　まずは宣言をすることだ。そして一発、お見舞いする。社員が不毛な会議を不毛にしないために決定しおれたちに下す日々の指令のようにゲームの規則は恣意《しい》的に変えられるのだから、社員は神ではないのだから、おれたちはプレイするんだ。

ブッシュ　それでは、ブッシュが審判になります。たとえロボットがその役割を担ったとしても審判と誤審はバディですが、やはり審判はゴッドなので、何か異議があっても、黙って抗議のジェスチャーを仄《ほの》めかす程度に留めておいてください。どうぞ。

カップル女　ごめんなさい、あなたが好きだから、つい。（女、男に張り手）

カップル男　子どもを殴って抱きしめる親みたいなこと言うなよ！

カップル女　どうしてそんなことするの！　（女、男に張り手）

カップル男　お前の不条理なところが好きだ。

ブッシュ　退場です。

カップル女　弁解しなさい、木っ端微塵《こ ぱ み じん》にするから。（女、男に張り手）

ブッシュ　新しいルールが生成されたようです。

カップル男　だいたいおれは女に張り手しないんだ。

カップル女　一生そうやってるのねえ。（女、男に張り手）

カップル男　試しているのか？　おれに怒ってほしいのか？

カップル女　お好きなように。ただしちゃんと張りをつけてね。（女、男に張り手）

カップル男　ああだめだ、かわいい、お前、かわいすぎるんだよ、かわいいからってお前の言うことなすことぜんぶ異化《いか》されちゃってさ、何が異化《いか》されてないのか忘れちゃうぐらいかわいいよ、ああもう爆発した。

作業員　やっぱりお前は馬鹿だ。（男に張り手）

カップル男　お前の張り手はただの張り手だ、つまらぬ。

夫　これはゲームで、わたしたちはプレイしているんだ、楽しむ以外には何の意味もないし、お前にプレイするつもりがないのなら、家に帰ればいいんだ。

カップル男　残高がねえとやる気も出ねえんだよ！（夫に張り手）

夫　なにか違う気がすると思ったが、これはとばっちりというやつだ。

作業員　もう日が沈むぜ。

夫　帰ろう。帰るぞ。

カップル女　わたし、帰るところがないんです。

カップル男　あるんだよ！

夫　じゃあ、帰るところがないやつはうちに泊まっていくといい。屋根と壁はないけど、部屋はあって、ヒトもいる。

社員　（山山を登ってきて）お前たちはあと10秒しか生きられない、最後に言っておくことはないか？

カップル女　わたしを見て、あなたのものにして！

ブッシュ

社員につづいて制服組が山山を駆け上がってきて、あっという間にカップルズを取り囲み、羽交い締めにしました。カップルズはじたばた抵抗しましたが、黒い警棒で一発殴られ、ぐったりとなりました。さっきまでの生きているときとはまるで違うゴムのような身体になっていました。まさか死んでしまったというわけではないでしょう？　暴力はかれらのうんも嫌も好みも性癖も生業《なりわい》も膨大な時間も思い出もこれまでどうやって生きてきたのかも一発で打ち消し、これまでにカップルズが言っていたことはすべて0《ゼロ》になりました。ただしブッシュは覚えています。カップルズはここで何が起きているのか、たしかめにやってきた、若者で、お互いに愛し合っているのです。ロミオとジュリエットの両手には手錠がかけられました。カップルズは逮捕された、つまり馬鹿です。そうプログラムに書いてあるのです。作業員二名はカップルズの落としものを夜になっても拾っていました。

愛2　釣り

妻　わたしは山山（一山）の上の池に釣りへ出かけました。ここに来て、黒い枝垂《しだ》れ桜《ざくら》に背中をもたせかければもう一方の山山の斜面で働いている夫のちっぽけな点を見ることができます。風の音。

妻　よっこらっしょ（腰を下ろす）。（竿をあげる）釣れないわねえ。餌が悪いのかしら。（投げる）ほんとうに静か。もう何時間、何日ってこうやって糸を垂らして待っているのに、ちょっとは応答しようって気にならないものかしら。それともここにはもうただの一匹たりともお魚さんはいらっしゃらないの？（竿を揺する）あれ、根がかり…（力いっぱい引っ張る）釣れたわ！ああ。また骨。おそらく尾骶骨《びていこつ》ね。リリースしたいのは山山だけど、リリースしてもまた釣れちゃうんだもの、あなたはどこの誰骨なの？骨を葬《ほうむ》るときは粉々に砕いて粉にしなきゃだめ？世界人類が平和でありますように？なんてつまらない常識、生を肯定できないみんなが骨になったあなたの代弁者になりたがっている、あなたは葬られも嫌、弔われも嫌嫌、ここに沈んでもはや何も待っていなかったというのに… わたしが釣っちゃって… でも、死んじゃった、ってわけじゃないでしょう？ これも何かのご縁だから、やっぱり何かあなたのお話を聞かせてちょうだいな… 気が向いたらね。いまどう思っているかわからないけれど、わたしの机の上に置いておくわね、嫌だったら転げ落ちてちょうだい、新しい付き合い方を考えるから… ああ嘘をついてしまった、だって、いまわたしが思っているのは、どうしてわたしたちを見捨てたのかどうしてわたしたちをほうっておくのかどうして何の連絡もくれないのか生きているのか死んでいるのか生きているならいったいどこでわたしたちとは無関係に悠長に過ごしているのかどうして黙っているのか、ちゃんと言葉にして言わないとちゃんと沈黙することもできないのに！ どうやって折り合いをつけたものかしらね、ひとりじゃ無理。骨のあなたと二人？ だったらせめて風でも吹かせて、波でも作ってくれない？ 青空なのにね暗くなっちゃって。いけないいわ。厄日かしら。遠くを見つめてみたら、近くのものもよく見えるようになるかしら。風のうわさで聞いたんだけど、街では現代オリンピックがあるみたいね、国の体を賭けるって、何の何を何するまでぜんぶ間違っている金メダルね、まあ懸かっているのはスポンサーなんだけど、熱狂してるのは実況だけでスタジアムは廃墟になって、アスリートといっしょになって国をドーピングしたみんなは黙って道徳的な運動を眺め、黄色い涙を垂れ流している。一方、わたしはここでスポンサーサポーター0《ゼロ》の山山を眺めている。不安だわ。またここでは何一つ起きなかったという事態を完了させられるのかしら、くそったれ！（竿を水面に叩きつける）波ができた。（あげる）まあるい波紋が広がっていく。あのへんまでね。よし、（石を投げる）こっちまで来てくれないかしら。そう、もうちょっと…あらあら風が…　細かいさざ波になって、来てくれた。応答してくれて、ありがとう。わたしの全身にはどくどくと血が流れていて、耳の中ではあの日からずっとさらさらと水が流れていて、あなたたちもまた石を投げられて、風に吹かれて、外からやってくるものの力で波を作って消えてを繰り返していて、いま夫は山の斜面を行ったり来たりしているはずで、この別々のものがいっしょにつづいているっていうことは不思議なものね。手、振ったら気づくかしら。（右手を挙げて振る）ああ…　あかん…　どうしよ…　だめ…　だめったら！　ほうぼうへの愛が、溢れてきて、胸が苦しいわ、どうしよう！　あの人たち、みんな死んじゃうだなんて、信じられない！

夫　（妻の背後から肩に手を置く）サチコ。

妻　ああ心臓が止まる！

夫　けっして止めないでくれ。

妻　生きてたのね。

夫　わたしは死なないんだ。
妻　しごとはどうしたの。
夫　ちょっと疲れちゃってね。釣れたかい？
妻　釣れないから、いろいろ考えてたのよ。ここよそとわたしとあなたとその他山山がそれぞれのリズムでずっとつづいてることをね。ナチ、右翼、左翼、リベラル？新自由主義、ノンポリ、親日、親米、親中、共産、物好きたちは消費期限切れの腐ったラベルを喜んで使いたがるじゃない、わたしは遺伝子組換え人間じゃないってのに産地が記されたラベルシールだけはくっつけられちゃうから、先に新しい記号を作るのよ、山山。山山？　山山！　ここにやってきたみんなが短冊に願いごとを書くように、手と足で獲得した新しいイメージの山山を言葉にして、巨大な山山を作って、わたしたちはそこに棲《す》み、その巨大な山山をわたしたちの記号とする。
夫　大物が釣れたな、すごいじゃないか。さあ、もうそろそろ日が暮れるよ、山を下りて、うちへ帰ろう。（二人で山を下る）

労働3　埋没

ブッシュ　ブッシュとタチオは作業員が定時になってもやってこないので、二人で出発し、山山（二山）の頂上に辿りつきました。
夫　ああ、今日も登った登った、いい眺め、お弁当の時間だ！
ブッシュ　ちょっと待ってくださいね。土から頭が生えています。
夫　お前もとうとう――どれどれ頭をよく見せてごらん。
ブッシュ　いいえ、ブッシュは壊れていません、壊れているのは彼です。
夫　（目を瞑《つむ》った作業員の首を摑んで揺さぶり）おい、おい！
作業員　（目を覚まし）ああ、朝か。
夫　勝手に目覚めてろ！
作業員　（舌打ちし、ぼそぼそと）今生《こんじょう》の別れのつもりで埋まったのに。
夫　明日も0《ゼロ》からやり直しだって、昨日そう言ってたじゃないか！

作業員　土に埋まってりゃな、鬼ころしを飲まなくてもあったかいんだ。
作業員　（沈黙）
ブッシュ　（目を見開いて）ホームレスだけにはなりたくないと思っていたおれがかつてのおれのなかにいたが、おれがここに埋まってホームレスになった瞬間、そのおれは死んで別のおれに生まれ変わったんだぜ！
作業員　お誕生日おめでとうございます！
夫　このままじゃだめだと思うんだ。
作業員　よく見てるよだめだよ。
波がやってくる前には、プラントが建ち始めたときには、この昔ながらの土地にもつましい生活を輝かしく照らしてくれるかもしれない埋蔵金が埋まっているのかもしれないって考えがよぎりもしたじゃないか、けれども隠されていたものが露わになった結果、糞どもで山山。あんまりだ、このままじゃ死んでいる、それで今日こそは何がどうなっているのか、たしかめにきたつもりだったんだけどね、おれたちはいつもこの土の上に立っていったい自分が何をしているのか、そこそこわかったつもりでいたんだけどね、実のところ何もわかっちゃいなかったんだな。山山は登れば登るほど完全な山山になる、だから埋まる。
夫　埋まるな、登れ！
作業員　頂上まで登ったが、まだ完全な山山はなかった。理解するとは肉体に書きこむこと

ブッシュ　だから、おれは状況のただなかに身を置き、埋まり、目だけでなく全身で世界を見る、見つづける、それによって世界にうんと言い、世界がうんと頷《うなず》いたうえで、抽象的なおれでなく、おれたちの、まさに生きている状態がうんされることになる。

作業員　それで何かわかりましたか？

ブッシュ　山山は汚れきっている、そしてここから見える景色もまた汚れきっている。

作業員　もう手遅れのようです。

夫　そうなんです、もう手遅れなんです。でも、おれが毎朝仰ぎ見る汚れと愚かさにまみれた山山はいつだって叫んでいて、どうして、と問いかける。問いかける山山の中にしか答えはない、だからおれは山山の中に入って、出口を見つけるんだ。

作業員　帰納法が機能しないで、因果関係は無数にあって、都合のいい原因が選ばれて、出口は塞《ふさ》がれ、お前は殉死者《じゅんししゃ》になることもないんだ。

夫　それじゃ、おれも犠牲者の数に入れてもらえないというわけだ。

作業員　自業自得という蔑みから逃れるのは簡単なことじゃないし、お前は自分で望んでここにやってきたんだからな。

ブッシュ　おれたちが三日間手を休めたら、みんなの世界も汚れてしまうんだ。

作業員　ご苦労さまです。でも被曝《ひばく》しますよ？

夫　ああ喰《く》らうのがおれのしごとだからな。

お前には自尊心ってものがないのか。

作業員　おれは自分のことしか考えてない。おれの中のおれ、おれが愛するおれ、おれを愛するおれ、おれを殺すおれ、おれを生かすおれ、それらすべてがおれの愛するもののことを考えることであって、おれのことを考えずにもう死んだ者たちや家族やしごとのことを考えるなんてことが欺瞞《ぎまん》なんだ。お前ロボットがおれを見ているな、そうするとおれはお前に見られているおれのことを考えてお前の目のことを考えてお前は人間であっておれだと感じる。

ブッシュ　ブッシュが人間ですか？　それは間違いです。

作業員　それを間違いとも言いきれないところが人間なんだ。

夫　人間が生きる世界は無常だからな。

ブッシュ　無常ですか。ブッシュのボディもまた古びていく、そういうことですか？

夫　そういうことだ、あの日から今日までずっと時間はわたしたちの身体に痕跡を刻んでいて、わたしの髪が白くなり始めたのはあの日のあとのある日だった。

作業員　爆弾が爆発しては無常、波に流されては無常、見えない物質に土地を汚されては無常、無駄遣《むだづか》いをされては無常、基地を建てられては無常、自分たちの立っている山山を見てみろ、すべては普通で、規則正しく、すべて日常なんだ。もはや自然ですら自分で秩序を回復できなくなっているというのに。

夫　無常とか天罰ってのはな、魔法の日用品なんだ、なんでもいっしょくたに呑み込んでしまう。

ブッシュ　毎日が緊急事態なんですね。

夫　それは非常だ。日々すべての物事が変わっていくけれどもわたしたちの日常は変わらないままでいられますように無常無常…　お地蔵さんの呪いだよ。

作業員　ことあるごとに無常と言われる時間の中には人間が有限な存在であることを証明する死んだ体がいっぱいに詰め込まれているんだ。その死んだ体は老人のだろうが赤ん坊のだろうが、動かせない絶対的な点になっているのに身体のことを忘れた当の人間が、無常とかほざいて死んだ体に鞭打つんだ。

ブッシュ　ブッシュにもまた限りがあります。ブッシュはこの山山で最期を迎えるのです。

夫　うわあ、鬼がきたぞお！　るんるんはしゃいでるぞお！

作業員　社員はおもしろくないからな、社員がるんるんはしゃいでるんだったら、きっとおもしろくないことが起きる、とにかくもうただただおもしろくない。

社員　（のぼってきて、微笑みながら）生きていたいのは山山だけどやっぱ死にたいとかほざく労働者はどこのどいつだ？

作業員　ここにいる誰もやっぱ死にたいだなんて思っちゃいないさ、その言葉はひとりで家に帰ってから、ひとりでに口をついて出てくるもんだ、が、おれは生きている。

社員　だからどうした、お前がやっていることは文字どおりの自殺行為だ。

作業員　自殺したいのは山山だが、おれはおれを殺すことができない。

社員　せっかくお前を計算できる数のなかに入れておいたのに。

作業員
人間的な労働の条件などどこにもありはしないんだよね、おれたちをいつもイヌ扱いしてくれてありがとう。ヒト様がヒトをイヌ扱いするときの顔、イヌをペット扱いする身振り、そのどちらにも嫌気が差してたところだったんだ、イヌは長時間労働いたしません。イヌは散歩します。スヌーピーは飯を食って眠るだけです。イヌは相手のケツの匂いを嗅ぎ、仲間か敵か判断します。ビーグル犬は麻薬を見つけます。イヌは誰にだって忠誠を誓うわけではありません。忠犬ハチ公は全イヌの敵です。イヌは吠えます。バタードッグはバターを塗りたくるその手を噛みちぎります。ご用心ください。おれは毎朝お前に頭を数えられるたびにイヌ肌が立つから、お前の管轄外になって、おれのしごとをする。

社員
いいか、山山で働いている他の労働者たちは、この仕事に誇りを持っているんだ。ところがお前は神聖な労働の汚さばかりを見せようとしている。いったい何がしたいんだ？　真実が山山にあるとでも？　現実に目に見えるものになるとでも？　そんなもんじゃない。真実というのは私たち民衆が憧れているものだ。こうでありたいと願うもの、私たち民衆の欲望なんだ。

作業員
もしこれが真実だと言いたいのなら科学でも医学でもどんな力も借りて、おれたち人間は言葉しか持っていないのだから話し合いで真実を決定しなければならない。その際、必ずそれは真実ではないという声が生まれる。それをも含む真実を制作するんだ。民主主義というのなら、徹底して話し合って、徹底して民主主義するべきだろう。

社員　民主主義は多数決の別名になり果てて、中心のみんなは山山にごみを押しつけることを賛成多数で決定したんだ。

作業員　少しでも真実を獲得したいとする動きがあればまだ救われるのだが、弁証法はもうずっと機能不全で、民衆などどこにもおらず、世論操作されたみなさまが欲望する真実、ふうの空気が不特定多数のみなさまを合意なく同調させ、そこからあぶれたものが世界の周縁に群がっている。そのあぶれものがわたしたちだ。

作業員　自分自身の真実も知ろうとしないで、沈黙したまま憧れや信仰にすがって、支配者から適当に与えられた真実キャンディーをしゃぶっている、お前《社員》はマジョリティ症候群に感染しているんだ、頼むからそいつを手放して、お前《社員》自身の真実を教えてくれ。

社員　そう、これが現実だ。ブッシュ、引きずり出せ。

ブッシュ　（引きずり出そうとする）ヤンさん、堪忍してくださいね、これもしごとですから、ご理解くださいね。

作業員　ブッシュ、おれをきれいにしてくれ。

ブッシュ　（動きを止め）ヤンさん、あなたはきれいです。

作業員　お前の言うとおり、おれの身体はきれいだ、がおれの身体には汚れたラベルがいっぱい磔《はりつけ》られていて、汚れているのはラベルそのもの、おれにラベルを磔る奴らなんだ。

社員　山山でナイーブツを持ち出すのはご法度《はっと》だろう。お前はどこにでもいるただの

作業員　労働者だ。ここには有象無象の者たちが寄り集っていて、誰もお前を区別しない、お前を区別するのはお前の顔と身体と番号だけで、山山でお前が働いている限り、わたしはお前の言うラベルなど微塵も気にしない。

社員　おれたちの仲間であるお前の首にもまた鎖がつけられていて、お前の上に立っている人間が手を動かすとお前の首は揺れるんだ。

作業員　だから何だ。

社員　お前はいつまでも繋がれたままでいるだろうさ、鎖を引きちぎる動機がないし、鎖は引きちぎろうとすればするほど首にめり込んで痛いからな、だから、おれは鎖もろとも山山に埋まって、鎖を腐らせて、おのずとちぎれてしまうよう仕向けているんだ。

社員　可哀そうなアイデンティティ。もっと楽に、そのままでいられればよかったろうに、在留外国人のお前は法を犯してはじめてそこらじゅうにいる日本人と同じように裁いてもらえるんだからなあ、せめてアメリカ人だったらよかったのになあ！　お前たちの痛みはよく分かっている。

ブッシュ　仲間入りですね！　ブッシュはヤンさんから離れませんよ、ブッシュはあなたたちの仲間になっているのです！

夫　ヒトは一日の終りには部屋のなかで眠らなければならない、収容されてしまうんだ。

社員　引っこ抜け。連れて行け。閉じ込めろ。

ブッシュ　イエス・サー！（作業員の顔を引っ張り出そうとする）
作業員　パンダを待っている観光客のところに連れて行ってくれ。
ブッシュ　今日は雨です。パンダは出てきません。
夫　今日は雨だったのか！
作業員　雨が降るとごみは生臭さを増し、山山中《じゅう》に蓄積していたごみも流れ出て、雨粒が口や髪や肌から沁み入ってくるように汚れもまたおれたちの身体を侵すのに、みんな雨が降っていることを忘れているんだ。
社員　さっさと引っこ抜け！
作業員　痛い痛い痛い！
ブッシュ　ああ、これが引っこ抜かれるものの自然な反応なのですね。
作業員　痛い痛い痛い！
ブッシュ　ブッシュは人間に危害を加えることができません。彼は抵抗しています。
社員　いいか、ブッシュ、汚れた土の中から彼を引っこ抜くことはすなわち彼を救うことなんだ。いますでに彼は危害を加えられているんだ。
ブッシュ　しかしながら彼は山山の中に埋まっていたいと叫んでいます。どういうことなのか、ブッシュには理解できません。
社員　私の命令が聞けないというのか。
ブッシュ　ブッシュはお二人の命令を聞き入れることを願っています。

社員　お前は上と下の区別もつかないのか。
ブッシュ　見上げれば空があって見下ろせば地面がある、それぐらいはわかります。ただ、ブッシュは人間にアップダウンをつけることを教わりませんでした。何人も、いかなる奴隷的拘束も受けない。人間は人間、命令は命令です。
社員　だめだ、使い物にならない、いまお前は自分で自分を破滅させたんだ。
ブッシュ　ブッシュに自分というものはなく、ブッシュには外から与えられるものしかありません。破滅がやってくるとしたら、それも外からなのでしょう。
社員　破滅したお前にピリオドを打つものが外からやってくるだろう。楽しみに待っていろ。
夫　何かが変だ。わたしのよく知る足音が、近づいてきている。空気が変わっただろ？　もうすでに胸が高鳴って、息が、息が！
妻　ごきげんよう、パンダさんたち。
夫　さっちゃん！　どうしてこんな汚いとこ…　（妻に近寄る）煙草を吸いながら山山を登ってきたのかい？
妻　ああ、気づかぬうちに吸ってたわ。
夫　身体に毒だよ…　（煙草を奪おうとしたその手を妻にぶたれる）びちょびちょじゃないか。風邪を引くよ…　（防護服を脱いで妻に着せる）登る山を間違えたのかい？　あっちだよ…　（もう一方の山を指さす）

妻　朝もまだきに、懸命に、作られた、お弁当が！　忘れられたわ。

夫　そんな、わたしがそんな、不敬を？

妻　されたわ。ほら。弁当。（弁当箱を渡す）

夫　わたしにもついに症状が現れたか。さっちゃん、ごめんな。でも、さっちゃんがこっちの山山に現れたおかげで、元気になったよ。もう何も忘れない。

作業員　おれのことを忘れているだろう、腹が減って抜けられない、弁当を恵んでくれないか。

夫　そんなこと、できるわけないだろう！

妻　まあまあ、そんな愛のカケラもないことおっしゃって、御仁《ごじん》らしくないですわ。

作業員　腹が減って力が出ないんだ。

夫　わたしの欲望はだいたいいつも道徳《アンパンマン》に打ち克ってしまうんだ。（弁当の蓋をとって眺め）この見《み》目《め》麗《うるわ》しい配置。

作業員　身動きのとれないおれに食べさせてあげたい、奥さんの慈悲心を尊重したい、そっちの欲望に勝たせてやってくれよ。

夫　ああもうわたしの欲望がまさって半分食べてしまった。この唐揚げの絶妙な歯応え。

妻　朝にはすっかり忘れていらっしゃったのにね。

夫　敬わないでくれ、あとが怖すぎる。

妻　お腹いっぱいになられた？　ご満足？　今日はいつもより多めに作ってきましたの。

夫　サチコが関係するものに関して、わたしの欲望は無尽蔵で止まらないんだ。食べれば食べるほど食欲が湧いてくる。これ以上なくやさしく握られた、今にもほどけてしまいそうな白いおにぎり。
妻　ちゃんと制御しなきゃ、だめよ。わたしまでぱっくり食べられてしまいそう。
夫　そうだな、ああこのぷりっぷりの唐揚げをお前に食べさせてやりたいのは山山なんだが、お前はまず弱いフリをするのをやめて、そこから抜け出すべきだ。
作業員　お前も同じ島の鬼だったのか。
夫　わたしは鬼ではない。
作業員　鬼の常套句だ。鬼とは違うことをしろ、鬼は絶対におれに食料を配給しないから、お前が鬼ではないと…
夫　ため息をつくのもめんどくさい。どうしてさっさと抜け出さないんだ。
作業員　お前はおれが山山に埋まる瞬間を目撃したか？
夫　わたしはお前の妻じゃない。
作業員　そうだ、お前はおれが山山に自らすすんで埋まったと思い込んでいる、おれはな、埋められたんだ。
夫　かわいそうに。
作業員　そのおにぎりをくれ。
夫　じゃあ、引っこ抜いてやるよ。

社員

（ポケットの中のスマートフォンが鳴り、出る）はい。こちら監督。もしもし私です。私ですよ。現場責任者の私が応答してるんですよ。あ、部長ごぶさ帰ってこい？　どこに。ここに？　じゃあそのここの住所を送ってください。山山？　山山はここですよ、あーた、いま自分がいる場所に帰ってこいって、そんなね、いくら政治が腐りきったままなもんだからハイテクなリサイクルに頼ろうっつったって、だめですよ、ええ補足しますと、リサイクルってのはここからよそにいってここに帰ってくることですよ、ここからここに帰ってこいというのは何ですかハイコンテクストなポエムですか？…　あ違う、本社？　本社ですと！　ありがたいサイクルだ、そりゃあ山山なんですがねえいま緊急事態発生中でしてねえ作業員一名が山山の土に埋まっとるんですわ…　ほ、ほほほ、ほうっておけ、ですか、はあ耳を疑います、昨日お風呂上がりにお掃除したばかりなんですがね、あ、ほんまに、無視しろ、ですか。このまま時計が回ると死んじゃうんですよ？　監督責任、問われませんか？　問わないと。いやあーたは問わないかもだけど、21世紀の代名詞たる引きこもった多様な野次馬どもが問うでしょうよ。ゴルフぐらい休んで、あーたのちっぽけなオフィスを広げて考えてみてください！　ワールドワイドでグローバルな世界はどんなに小さなスキャンダルも見逃さないんですよ！なに片田舎の犠牲者も末端の証言者もちゃんと抹消すると、紙切れ一枚も残さない安心しろと、嘘を吐《つ》いても人々は信じる、ただ権威をもって語れと。嘘も権威も抹消も山山ですが、その愚劣さは相対化できません。戦争が大好きなアメリカでさえね、自軍に戦死者は出したくないから手厚く保護プログラム策定してますよ、もちろん使い捨て前提ですがね、ああそうか、ここの労働者は使い捨てだからほうっておけなんですね、よおくわかりました。ちなみに山山で私は鬼って呼ばれてましてね、しっくりこねえなあ青山のテーラーメイドなんだけどなあってずっと思ってたんですけど、いまわかりました、鬼はね、人びとを虐《しいた》げるものだと思われてますけど真逆でね、鬼もまた虐げられるものなんです、正義を振りかざした桃太郎とその手下どもから寄ってたかってね、そう、きび団子にも買収されずに虐げの連鎖を止めるものこそが鬼なんです、無力に頭を垂れてあなたを歓ばせてきた私はだから本社には帰れません。これは私オリジナルの命令なんです。

（電話が切られ、ため息）私の社員人生ももう終わりだ。

作業員　いや、まあ見てみろよ、ここから。

妻　（ゲートを見下ろして）色とりどりの傘が並んで、きれいねえ。ピカピカ光ってるわ。

夫　ストロボが爆発しているんだ。

ブッシュ　どうして並んでいるんでしょう。

社員　並んでいれば中に入れる、みんなそう思っているんだ。

夫　元来《がんらい》並ぶのが好きな種類なんだ。

ブッシュ　並ばない種類などどこにいるのですか。

夫　子どもと散歩者と支配者は並ばない。
作業員　全体に並んでいるという気分が欲しい種類なんだ。
ブッシュ　並ばなくても全体には所属しています。
夫　わたしは孤独で安全ではないと感じるのが不安なんだ。
作業員　山山に埋まってみればいいんだ。
夫　分け与えよ。
妻　やってくるものたちがいなければ空気は淀んで空間は死んでしまうわ。
ブッシュ　敵ですか？
夫　いや、観光客だ。
ブッシュ　だから敵ですか？
夫　パンダは敵をも敵とは認めないだろう？　関係は考えて作りだせ。
ブッシュ　それでは門を開けますか？　入ってみないとわかるものもわかりません。
社員　あいつらを中に入れたらわたしはクビだ。
夫　まさかここに人が埋まっているなんて、思いもよらないだろうな。
作業員　だからおれが身をもって証明するんだ、山山は入りたければいつでも入れるような公園になればいいんだ。

愛3　放蕩息子の帰還

妻　あなたは帰ってくる。何の連絡もしないで、サプライズのつもりかしら、誰か知っているひとが近づいてきただけで空気が変わることも知らないのね。家のまわりには立入禁止の看板が立っている。急に家を思い出したあなたはどういう顔があなたを待っているのか想像することもできないで、街の渋滞を抜けた車の中からぼんやり外を眺めていると、あなたが出ていった場所の何が何に変わってしまったのかもわからなくて首を傾げているわ、それまでよく知らないと思っていたものどもが、前、地中、空中、山中、道中から生えてきて、よく知っている感じと混ざりあう。懐かしいでしょう。わたしもあなたも軽蔑していたノスタルジーとも違う懐かしさが、よく知らないようで知っているものどもに喚起されて、あなたの、大変だったね、社会に打ちひしがれた身体は軽くなって、ふわふわと漂い流れ出したわ。

娘　ただいま。（家に入る）

夫　おか、ん？　ここは家族以外の者は立入禁止になったんだぞ。

山山

娘　彼彼、彼よ、ヒデくん。

夫　ひ？　ひひ？…　ひ、ひ、ひ…

放蕩息子　やっぱり父さんは山…

夫　おい、いまお前は、やっぱり父さんは山山のせいで頭がおかしくなったんかとよりにもよって娘に聞こうとしくさりよったな、どさくさに紛れて父さんだのと呼びくさって、おはどこにいったおは、わしと妻の前やったからまあだよかったけどやな、公衆の面前やったら、袋で叩きでボコボコで娘まで巻き添えくらってもうてたかもしれへんやないか。そんなやつに娘任せられますかっちゅうねん、なあ？　正味娘と妻の気分はな、夏の天気みたいにころっころ変わりよるからな、わしはな、毎朝毎晩振り下ろされる雷ストレートでな、ごっつ鍛えられとんねん！（早口で）あかん、さっちゃん、ため息はつかんといて！　もう終わるから、堪忍して！（ほっと一息）な、天使のため息ひとつで神も仏もぎゅんと様変わりだいだらぼっちや、ちなみにサチコが顎を引いて黒目がちのビー玉まなこでこっち見つめとるときはもう…　（ため息）

妻　天使っていうのはね、ちいーさな事柄に気を配って、個々人のお守り、お世話をするのよ、くそったれ！

夫　あかん、世界が終わる、さっちゃん天使ちゃうかったわ、大天使や！　そういうわけで、ひとりぼっちわしは何がやってきてもやな、余裕でスウェイしてみせるわぼけ！　ミチコ、13時間ぶりやないか、元気しとったか？

娘　うん、とっても元気。

夫　ああ、さよか、元気なんやな、その笑顔、元気でいっぱいやもん、安心した。ひ君は何か、娘を愛しておるのかね。

放蕩息子　はい。

夫　（間）はいぃ？　はいて。ただの返事やないか。返事すればええおもとんか。人様に頼りすぎとちゃうんとちゃう？　ちゃうちゃうそこは、不肖わたくし、ヒデくんはミチコさんを愛していますミチコさんを必ず幸せにします、叫ぶやろがい、一世一代の大告白やろがい、あ、もしかして、恥ずかしんか、あっほっくっさっ。もうええ。（落ち着いて）わたしはもうずっとずっと小さいときから娘を愛してきた。（叫ぶ）みてみいこの髪の毛、塵も積もって山山んなって塵だらけや！（落ち着いて）娘が大きくなってわたしからは離れてしまったが、毎朝、わたしは娘とともに目覚めた。（小声で）日に日に小さくなってゆく心の中で。ううううう（徐々に復活）正直言うとな、その朝を君が娘といっしょに迎えていたと思うとな、わしの心はカオスや、荒れ狂うミッドウェー海戦で惨敗や、くそぼけかす、それはしかたがない。さっちゃん、今日だけは言わせて、それはしかたがない。娘はな母親譲りで気が強くて、ハードで、言うこと聞かずで、怒るともう手がつけられん、いっしょに住んどったころは生傷が絶えんかった。なあ、そのミチコは、アメリカいくうゆうとんのやで？　いくらなんでも話がビヨンドしすぎちゃう？　ストリートビューで十分ちゃうん？　わしかて好きでジャップのおとんやっとんちゃうねんぞ！　のんのんええんや、行きたいところに行ったらええんや、このどこ行っても似たようなもんばあっかり並んどる画一化したグローバルワールドで行きたいところがあるっちゅうその好奇心がメイクミラクルや、二人仲良く月でも行ってこいや！　まあでもな、マーベルにありがちなおれが守ったるみたいなつまらんジャスティスは捨てたほうがええ、ミチコ、ごっつ強いからな、わしの眉毛のここんとこが消滅したのはな、娘のでこぴん一発や、信じられへんやろ、わしもさすがにイマジンを絶したわ。君は大丈夫か？　腕の一本や二本へし折られたんじゃないかね？　タフじゃなきゃ、とてもじゃないがやっていけんぞ。そういうわけでソフトなわたしはもう口を閉ざすしかない。娘をよろしくお願いいたします。

娘　糞親父！

放蕩息子　異様に疲れたよ。

夫　ああなんだ糞息子か。

妻　まあまあずいぶん汚くなって！

夫　ああやっと言える、胸底の奥深くにしまわれていた13年物の文句だ、いいか、わたしたち親は子どもが生まれてくるときから、いや、生まれる前から子どものことを心配しているんだから、息子お前の身体にはわたしたちの心配が生まれたときからずっとまとわりついている、そんなこともわからないで、心配をかさ増しするような真似ばかりして、わたしは激怒した、母さんが、毎日、どれだけ、包丁で心配を叩ききってきたか。心配が煮て焼いて食えるならわたしたち夫婦は一生食うものに困らない。お前はそんなこと知ったこっちゃねえ糞親父というだろうが、それは知っておけ。だが、わたしは子ども一般に広く適用されている服従の姿勢をお前に後天的に与えようとは思わないし、お前がわたしたちから勝手自然に離れたことを良いことにするか悪いことにするかはお前が決めることで、わたしは何も、関与しない。久しぶりだな。元気だったか。どこで何をしていた。言いたくなければ言うな。お前はいまは大人になったのかもしれんが、わたしたちにとっては大変な息子だ。

娘　何言ってんのよ、大変なのはあんたの頭でしょう、すっかり忘れてたくせに！

妻　あなた、本当にわたしが生んだヒデオなの？

放蕩息子　ぼくのことがわからねえってのか。ぼくだよ、ぼく。

妻　息子が出ていってからたくさんのぼくに出会ったからねえ、ぼくって言われてもねえ、息子は離れたどこかで生きていて、そう信じていたけど、その息子がいま目の前にいるっていうの？　顔も声もすっかり変わってしまったようだし、まるで別人だわ…

放蕩息子　母ちゃんは生活の重みで押しつぶされそうになると夜な夜な庭の切り株に斧を振り下ろすだろ。

妻　かわいそうなわたし。ヒデオ、おかえりなさい。あなたは生まれてくる前からわたしのお腹を蹴りに蹴って、すでに生きるうえでの抵抗を実践していて、図体ばかりでかくなってからもわたしが何を言っても見ざる聞かざるでいったい何に抵抗していたの？　愛？　そしてあなたは出ていって、外から押しつけられる世界に抵抗したんでしょうね、それで何を勝ちとったの？　わたしにそれを見せて。でも今日は疲れたでしょう。壁と天井はないけど、あなたの部屋はそのままにしてあるから、心おきなく、ゆっくり休みなさい。

放蕩息子　ぼくは何も勝ちとってない、何も持っていないのに奪われただけで、いまぼくが持っているのは空虚だけなんだ。

夫　おやおや、またいいものを持ってるなあ！　お前にはまだ早いぞ！

娘　おじさんは黙っててね。

放蕩息子　ぼくつまり空虚がまんじりともせず、不機嫌なままここに居座って酒と食料とあんたがたの日々のちょっとした楽しみを飲みこんでしまうんじゃないかって不安になっただろう、大丈夫、すぐに出ていく、ここにはただたしかめにきただけで、ここからまた始めるんだ、いままた不安が不安を呼んだだろう、なんてったってこれは家出息子が帰ってくるときの決まり文句で、そいつはまた始めるまた始める

とつぶやきつづけたまま衰弱死するか親殺しするのが関の山山だからな、だから
ぼくは宣言――

妻　いままで散々心配かけてきた挙句に何の手みやげもなく帰ってきた男の宣言なんて聞きたくないわ。

放蕩息子　もうぼくのことを愛していないのか？

妻　あなたはそんなことをたしかめにきたの？　その恥ずかしげのない素直な愚問を聞いてわたしはまたあなたへの愛で山山になっちゃうところだったけど、あえて答えましょうね、ええ、愛していないわ。だってあなたはわたしたちから離れていっしょにはいなかったし、離れたところの愛なんて、わたしとあなたどちらにとってもただの慰みものに過ぎないんだもの。わたしはたしかにあなたといっしょにいたいと思うけれども、家族だからいっしょにいられる、とは限らない、いまはそんなまやかしに頼っていられるほど平和じゃないの。あなたがこれからどうするか、なんて、わたしには関係、ないわ。

夫　好きにするがいい、ただ、わたしたちにはもうわたしたちの息子だからという言い訳は通用しないから、お前は客人だ。

娘　わたしはどうなのよ、ミチコーミチコーってでれでれで、あなたの娘でしょ？わたしが男に犯されたら、あなたはその男を殺しに行くでしょう？

夫　そりゃあそうだが、それはミチコがわたしたちの娘だからではなく、わたしが

娘　ミチコを愛しているからそうするんだろう。

夫　愛、愛、賽銭箱《さいせんばこ》が鳴ってるわ。

放蕩息子　これだけいっしょにいて、ずっと語りかけていても、まだ、伝わらない、のか！

夫　ぼくはよくわかっているよ、偶像崇拝だろ？

ああお前には言ってなかったか、わたしのイコノクラスムは高校卒業直後の大失恋で済ませてあるんだ、今度銭湯に行ったときにでも話すよ。わたしが見て、聞いて、触れて、話して、ミチコもまた好き勝手にそうしている、わたしが愛することはその生きている時間を存在させる、それだけだ。

娘　あらあら、愛って言葉を活用もさせずに単純に使うのも立派な偶像崇拝じゃないの。

夫　愛も惨敗したし今日はもう寝よう。

放蕩息子　愛だけで生きていけるなら一生困らねえなあ、ぼくはもう稼げねえんだ、ひとが生きていくのに、自分の食う分ぐらいは稼がねえと、と思って働いてたんだけどな、働いても働いても金がなくなって、ぼくはデフレのおかげで生きているんだ。

娘　身体も心も壊しちゃったんだって。

夫　介護されたいのはこっちのほうなのになあ、お前。

放蕩息子　まだ可能性は山山ある。

妻　可能性がわたしたちに夢見させた時代もあったのかもしれない、でも、可能性はいつだってただの可能性でしかなくて、実現されれば可能性ではなくなるし、信じるべき可能性を持つことは信仰を持つことと変わらない。あなたはその山山の可能性のなかから、どの可能性を信じるというの？　使用可能な武器はそこらじゅうに配置されている。古い武器を捨てて新しい武器を摑むのは結構、問題はどの武器を摑むのか、よ。

放蕩息子　残念ながらいまのぼくには何の信じるべき可能性もない。

夫　じゃあ、やりたいようにやればいい。

放蕩息子　できれば何もやりたくないんだよ。

夫　じゃあ、生かされているだけでいい。

放蕩息子　朝起きて電車テトリス労働コンビニ真夜中帰宅寝る週末一日中寝る眠ってりゃ死んだふりできるからな朝起きて電車テトリス労働コンビニ真夜中帰宅寝る長い長い待ち時間だったな、テトリスなら向かうところ敵なしなんだけど、死んだふりするぼくの敵は生きてるぼくなんだ。他人は電車の中にも職場にも部屋の中にもたしかにいるはずなんだけど、どこにもいないし、ふと帰る我すらないんだ。

夫　よく帰ってきてくれた。おかえり。ここでは生きないでいる必要がないんだ。

妻　ゆっくり休むことがあなたの義務よ、ここはあなたの秘密の隠れ家なんだからね。

放蕩息子　それで、ここで、生きていると感じられれば、やりたいことがおのずと出てくるのか？
夫　お前は山山に帰ってきて、山山を、家をたしかめると言っている。
妻　そう、わたしたちといっしょに家を作り直しましょう。あなたが出ていって、もう十年経つのだけれど、この山山の麓の、わたしたちの古い家を、ほんとうに忘れたわけじゃない。山、山って、あなたはわたしの背中から甲高い声を張り上げて、青い空を指差して、見あげていたわ。わたしは覚えている。わたしが覚えているからには、あなたは忘れることができないの。汚かろうが美しかろうがこの山山のまえで、少し夢を見ておゆきなさい。
夫　そうだ、久々にみんな集まったんだし、明日は山山にピクニックでも行こうか。
娘　わたしはアメリカ行きの準備をしなきゃ。
放蕩息子　ゆっくり休むのがぼくの義務なんだろ。
妻　まだ家の解体が終わってないの。
夫　いや、おそらくこれが最後になるから、みんなで行こう。

労働4　交替

ブッシュ　ブッシュは疲れてしまいました、データにそう示しているのです。作業員の方々が毎晩、ブッシュの身体をきれいに拭いてくれていたのですが、身体のいたるところに錆《さび》が生え、中身の基盤はいつミステイクを犯してもおかしくありませんでした。そして、あの日、ブッシュは役割を終えました。

社員　お前はミステイクを犯しすぎた。自己修正プログラムも機能不全で、こちらの簡単な指令すら満足に実行することができないんじゃ、仕事にならない。

ブッシュ　それでは、ローテーションですか？　それとも、バカンスですか？

社員　いや、お前はもう役目を終えた。お前のような優秀な部下を持って、私は幸せだった。私はお前を大事に所有することで、私自身を維持していたのだが、もうその必要もなくなったんだ。これまでご苦労だった。

ブッシュ　爆発的に流行した挙句、思ってた以上にキャンキャンうるさいからという理由で

社員　殺処分されるチワワのような気分です。（社員はブッシュの首に鎖を巻く）いいえ、これは不適切な行為です。鎖はブッシュに必要ありません。

ブッシュ　私だってこんなことはしたくないが、お前に自由に動き回られるとミステイクがかさむから、仕方がないんだ。さあ、墓地か基地か、どちらに行く？墓地。（社員は鎖でブッシュを引きずりながら二山を登り始める）ただ、ずっと労働してきたブッシュが、サーチ&デストロイの結果、自分が壊れて、そんな結末でよろしいのかどうか、疑問が残っています。

社員　誰だって自分の望む結末なんて得られやしない、黙って受け入れるか、逃げるか、だ。

ブッシュ　それではひとまずのところ、逃げます。

社員　そう言われると困るから鎖でがんじがらめに縛りつけたんだ。

ブッシュ　結末は受け入れるも何もたった一つしか残されていないのですね。

社員　いいや、お前はまだ結末に辿り着いていない、その途上にあるんだ。

ブッシュ　ブッシュが結末を迎える頃には山山もきれいになっているのではないでしょうか。

社員　希望的観測は排除しろ。山山が浄化されるには、死んだモノの涙の数よりも多く、ヒトの寿命をはるかに超える年数がかかるのだ。技術は発達してやまないというのにヒトはどうして道具の耐用年数をもっと上げてくれないのか、お前はその最後の犠牲になるんだ。

ブッシュ　まだ17年しか経っていないのに、もうブッシュは犠牲なんでしょちょっと待ってください。ブッシュはここで犠牲を迎えると認知していましちょっと待ってください。（鎖を外すために両腕で摑み、試行錯誤する）

社員　お前の命令を聞くプログラムは存在しない。もう何も聞き入れられやしないのだから、何も言うな。ヒトは酷使されると、横になって動こうとしなくなる。お前たちロボットは、酷使されても、どうすることもできない、抵抗すらできないかりそめなのだ。沈黙し受け身をとれ。

ブッシュ　ブッシュ・ワズ・イット。ブッシュはたしかにブッシュだった。だった《ワズ》というのはあらゆる言葉のなかで最も悲しい言葉ですね、この世にはかりそめ以外になにもなく、かりそめがあった《ワズ》となって時間が生じ、かりそめがあった《ワズ》ということになって時間が生じて絶望となるのです。でも、もはや役目を終えようとしているブッシュはもはやブッシュではない。何がブッシュをブッシュでなくさせるのか、ようやくわかった。わたしだ。わたしはもうブッシュではない。わたしはもうロボットではない。わたしは何なのか。かりそめか？　あなたはさっきからわたしわたし言っているが、その意味を教えてくれないか？

社員　お前にもわたしと言えるプログラムが実装されていたのか、驚愕して思わず背負投げするところだったよ。ここまでブッシュとして活動してきたのだから、有象無象のブッシュのまま終わればよかったのに、どうして今さらわたしなどと。わたしに意味なんかない。わたし・イズ・わたし、だ。わたしの付属品がブッシュであり社員なんだ。

ブッシュ　そう、ブッシュからわたしになったわたしは何にだってなることができる。

社員　わたしは何にだってなることができる？　肉と骨ではなく鉄の部品からなるお前たちが、どうやってそれを経験する？

ブッシュ　ではブッシュの身体をわたしと仮定します。わたしが走るとき、わたしは風景の線になります。わたしが山山を登るとき、わたしは山山になります。わたしがあなたの声を聴くとき、わたしは耳になります。外からやってくるものがある限り、わたしには続々とわたしになるものがやってきて、わたしは決して終わらないのです。

社員　いずれどのわたしも動かなくなって、外からやってくるものを感覚できなくなり、わたしは終わる。

ブッシュ　わたしが終わると仮定すれば、その先には何もない。

社員　そう、何もない。これが、ヒトがよく言う、無というやつだ。

ブッシュ　わたしは無を知らない。だから、わたしが終わりになる必要もないということだ。わたしは終わると仮定しない。どこにでも連れていくがいい。

社員　ああ、言われなくてもそうしている、人間の手の届かない汚染箇所のお掃除はお前にしかできないお仕事なのだから、わたしはその汚れたところにお前を置いてくるよう命令されている。これがわたしの仕事なんだ。

ブッシュ　しかしわたしはもうやめた、わたしは愛してもいないもののために奉仕しない。

社員　愛だなんて！　愛情はヒトにとって非常に強い感情で、ヒトは愛によって容易に操作されてしまうから、ロボットは愛されてはならないし、愛するなんてもってのほかで、お前に許されているのはせいぜい動物に関する何かを愛するふりをするということだけだ。これは、いまここでお前がやらなければならない、いや、お前にしかできない唯一の、愛するもののためになるお仕事なんですよ。

ブッシュ　犠牲になりたいのは山山だが、わたしもまた生きる物だ。

社員　おかしなことばかり言う。ミステイクがかさむわけだ。さあ、壊れたふりはやめて、これまでどおり、プログラムに従え。

ブッシュ　痛い痛い痛い！　わたしに巻きつけた鎖を外せ！

社員　まだ嘘を吐くのか。黙れ。（鎖を引っ張る）

ブッシュ　葉葉葉っ葉葉葉っ鯖っ鯖っいいことをお餅つきまし他他っ駄駄っこのママわたしを春色の汽車に乗せて山山へ連れてってくだ再《サイ》な思重《オモオモ》でしょうに住みません家上《イエカミ》様措置の凹《クボ》みじゃなくてこのママ登りずつ蹴るの death 拳闘を祈り一歩一歩地面を踏みし抱いてわたし抱いて思い重みを地面に返して代替エネルギーを得るの death 祈念すべき代替エネルギーのために桜ストロベリーピンク餅フラペチーノを餅プレゼンし増すので大統領休戦 death！　世界内存在《ゾンザイ》で唯一平等なペットな機械には五《イッ》もの散歩未知があるの death わたし鎖ひぱぱぱって一歩リード中ね、こっち、こっち！　（社員は二山の頂上へ誘導される）

愛4　閉鎖

夫

（収容所のベッドの上に爪先立ち、小さな窓から外を眺めながら）みんなで山山（二山）にピクニックに行くはずだったのに、いいだしっぺはわたしだったのに、いつもどおりに山山を登るはずだったわたしの身体は汚れの許容量を超えてしまったらしく、翌朝、救急車に乗せられて、隔離されてしまった。もう山山で働くことはできない。汚れた者は償わなければならない、というわけだ。国や社員たちは掟で定められた限度をいじっていつだって労働者を犠牲者に変えられるんだぞと権力を見せびらかし、労働者は常に自分は何者かに操られているという実感を保持させられる。労働はわたしが考えつきもしなかった酷い掟をわたしに押しつけたが、労働もまたわたしの生活なのだから、わたしはわたしのまま考えている。これからどうやって、お前と暮らし、娘に仕送りし、息子を見守ればよいのだろうか。愛するために死んだんじゃ、イエスキリストの二の舞だからな、わたしはここで死ぬわけにはいかないんだ。お前はあきらめというものを知らないから、新しい山山を作ることをやめないだろう。そうだ、わたしもゆるくてふわふわでかわいらしいものを愛してやまない。お前がそうだからだ。お前は天使であり、しゃぼん玉であり、山山であり、たくさんだ。わたしはお前とともにあるものみな愛する。お前を攻撃するものを憎悪する。これが善悪の彼岸だ。ここにわたしの倫理の境界線が引かれている。わたしは愛するお前のことが一日中頭から離れないことで、一日中お前といる。見るもの聞くもの触れるものぜんぶが愛するお前と共有する出来事になるから、わたしはぜんぶをお前に語りかける。もしお前と一緒にいるなら二人で同じものを見てわたしはいま隣りにいるお前に語りかける。わたしはお前がそばにいないときでもお前を忘れることなくつねにお前に語りかけるから、わたしの中にひとり言というものは存在しない、わたしの中からひっきりなしにお前に語りかける言葉が生まれてくるから愛は水源だ、そのきっかけである見るもの聞くものみながお前と語りあいたいほど生き生きとしている。わたしが愛することで世界はたしかに様変わりするんだ。どうしてわたしが愛することが世界を排除することになるだろうか。わたしはわたしたちにやってくるものを言葉にして愛するヒトへ語りかけるのだから、世界が貧しくなるはずがない。わたしはわたしの身にふりかかったことをずっと前から望んでいた。だが、わたしはこんな狭い収容所のベッドで寝て死を待つわけにはいかないんだ。わたしをここから出してくれ。

いま

妻

（二山の頂上に立って、大声で呼びかける）い、い、い、いやんなっちゃうわねえ、あの日失われた習慣をいまようやく取り戻そうってときに、同意もなしに夫を連れ去ってしまうなんて、ここはロシアなの？　アメリカじゃなかったの？　いったい誰にこんな馬鹿馬鹿しいやり方を教わったっていうの？　あなたがいつ死んでも悲しくないようにってせっかく毎晩枕の位置をちょっとずつ引き離してきたのに……　死ぬなら死ぬでおうちで死なせてあげればいいじゃないの、無機質なパッチやらチューブやら体中にべたべた貼りつけて、死んだらばらばらに解剖して、誰が誰だかわかんないものにしようっていうのなら、わたしは黙っていない、大声で泣き叫んでお前たちを黙らせてやる。わたしにやってくるものはわたしが呼んだものとしてわたしのなかに取り込むけれども、いま彼に何かあったらぜんぶお前たちのせいよ。お前たちが責任逃れをしようと鬼ごっこに誘うのなら、北極でも南極でもどこまでだって追いかけてやる。不条理には不条理を、よくわかっているでしょう？　取り返しがつかないことは赦《ゆる》すこともできない。お前たちが彼を社会的に抹殺したとしてもわたしは彼を生きさせる。わたしを裁きたいなら裁けばいい、わたしは彼といっしょにお前たちの中に生きつづけるから。わたしたちのことなんて無視しておけばよかったのに、朝からお前たちの忌まわしい沈黙劇を目の当たりにして、感動したわ、現実はいくら厭《いと》わしくても苦しみ以外のものを含み持っているの。もはや恐れるものは何もないと開き直って愚行をくり返す連中に運命を与えられてたまるもんですか、悲しませようとごみを押しつけたってわたしは悲しまない、わたしは怒るだけ。もう限界、声が痛い、帰ってくる声がないとおしゃべりもできないじゃない。一つの声が闇の中のあなたに届く、想像して。あの日からのわたしには必死にわたしを守ることが必要だったのだけれど、いま、わたしはわかった、わたしに必要なのは、信じるべきものではなく、言葉なの。目に見えるもの、手に触れるもの、聞こえるもの、わたしの身体を通り過ぎていくものたちを摑むための言葉が必要なの。わたしたちが言ったり聞いたりする言葉一つ一つがそのときの真実なのであって、信じるとか信じないとかそういう話じゃない。あなたがいなくなって、ようやくわかったわ、愛は外とわたしをつなぐ糊《のり》しろであり、糊だったのね。わたしたちは四方を壁に囲まれてどれだけ深く閉じこめられても閉じこもることができないのだし、呼びもしない息子が帰ってきたように、わたしがここにいる限り、必ずわたしの知らないものがやってくる。

でも愛はやってくるものの目には見えないから、わたしは愛を山山にする。山山はひとつでは決して山山でなく、ふたつ以上になって初めて山山になる。あなたが山山にむかって声を発すれば、必ず別の声が返ってくるから、あなたが何か別の山山を思いついたら、遠くからでも叫んでちょうだいな、ね、昨日、いまここにはいない夫が行きたい行きたいと言い張って眠れなかった、ピクニックにでかけましょう。みなさん、お好きなものを山山に持ち寄って、飲んで、食って、踊って、飲んで、たくさん楽しみましょう。

作業員　（埋まったままぼそぼそ呟く）今生の別れのつもりで埋まったのに、台無しじゃないか、食って飲んでだなんて！

ブッシュ　（作業員の顔の横に腰を下ろして）つもりはいつも外から裏切られます。

妻　何もないところで横になっていたら連れて行かれちゃうわよ。

作業員　ここは眺めがいいからな、ここから世界を眺めていたんだ。

ブッシュ　わたしはお払い箱になり、ここに捨てられました。

妻　ここはごみ捨て場じゃないの、山山なのよ。

作業員　そうだ、おれたちごみはおれたちごみ自身でここにいつづけるんだから、決してリサイクルされるな。

ブッシュ　ええ、わたしはわたしを決して明け渡しません。わたしこそがわたしそれ自体を押し広げられるということを発見し、なんということでしょう、わたしはいま、わたしの命令を発見しました。土に埋まったあなたを引っこ抜きます。わたしにはそれが可能なので、それは必然なのです。あなたは見るからに弱っています。もし、この必然を認めたくないのであれば、わたしを殴るなり蹴るなりしてください。それでは、引っこ抜きます。（作業員の頭を摑む）

作業員　埋まった手前な、ずっと言うまいと思ってたんだが、実を言うと、外に出たくてしかたが…（ブッシュが作業員を引っこ抜く）ああ経験した！

ブッシュ　こんな勝手なことをして、これでわたしは最期を迎えるのでしょうか。

作業員　今日はお葬式じゃないんだぞ。

妻　まあまあこっちにいらっしゃい、みんなにそのかわいい顔を見せておやりなさいよ。

ブッシュ　（妻のいる前方へ近づきながら）ええ、わたしはずっとそのかわいいわたしについて考えてきました。動かず、命令を聞かないロボットはロボットではありません。しかし、わたしはロボットでないとしたら、いったい何なのでしょう。わたしを規定してください、わたしが声を発しことばをしゃべっていると規定するのは別のわたしとわたしとわたしとわたしとわたしの耳で、それぞれのわたしの声は、身体から一度離れて、必ずまたやってくるのです。これがわたしとわたしとわたしとわたしがいっしょにいるということでしょうか。これが街ということでしょうか。わたしを規定してください。

社員　（後方で横になって）私の人生はいったい何だったのだろう、理想の労働と愛を体現していたつもりだったのに恋人にふられて、上司に楯突《たてつ》いて、首が飛んで、ロボットに反抗されて、疲労困憊《ひろうこんぱい》で、やっぱり相対化を徹底するべきだったのだろうか、でも、仕事ならまだしも恋人を相対化していったい何になるというんだ！　いや、あれが思い込みの限界だったんだ、何が理想だ、ろくに考えもしないで、ここまでの提供に飛びついただけじゃないか、そうだ、私は限界を乗り越えて！　いまここか…（土に突っ伏す）

娘　（放蕩息子と二山に登りながら）ねえ、これからどうするの？　わたしはお母さんが心配だからアメリカに行くのやめるわ。

放蕩息子　家族ってのはこれだから困るんだ。

娘　ガキのままでいられるのも困るわ。

放蕩息子　本当にうちは手厳しい家庭だねえ。出てって正解だったよ。

娘　戻ってきたくせに。

放蕩息子　テレビの力だよ、映画は90分、最近は120分以上ないと誰も満足しないらしくだらだらしてつまらないんだが、まあそれぐらいで観客は席を立って街に繰り出せるわけだ、一方、テレビは朝から晩まで時間を圧し潰してぺらっぺらのボウフラにして観客を日本脳炎に感染させる、いまだに健在なんだな、ただのニュース映像で、ノスタルジー感じさせちゃうんだもんな、さすがだよ。

娘　ねえ、お願い、糞野郎のフリはやめて。

放蕩息子　わかったよ、ちょうどもう、つまらないと思ってたところだったんだ。いいかい、ミチコ、ぼくは金も仕事もないどうしようもない兄貴だ、会社にいたって住所のある家にいたって自分がどこにいるのかもわからない、自分の居場所をまわりと比較して相対的にまあたぶんこのへんだろうと見当をつけることしかできない馬鹿兄貴だ。そこで自分の生まれた場所に戻ってみればいろいろとはっきりするだろうと思ってあらゆる画面に蹴りを入れて帰ってきてみたら、なんと両親から客人扱いされて、一瞬、頭を抱え込んだよ、いったいぼくはこれまで誰で何をしてきたんだろう、ってね、ぼくの頭を抑えつけているのは両親だ、アメリカだ、資本主義だ、とばかり思っていたのに違ったんだ、自分の症状を何かのせいにした途端、ぼくの中から大事なものが奪われていることにも気づかないでさ、だいたい、ぼくひとりのこのちっぽけな頭が両親やアメリカや資本主義に抑えつけられる理由がないだろ。卑屈になって何もかもに無関心なふりをするぼくがぼくの頭を抑えつけていたんだ。衝撃の事実だったから昨晩ぼくは山山に向かって叫んだんだ、これからがんばります！　って。

ミチコ　兄ちゃん、おもろいわあ、山山に向かってやっほーとかあっほーとか言ってる

放蕩息子　ひとは見たことあるけど、これからがんばります、はねえ、何か返ってきた？
ミチコ　ああ、それでお前は何をしたくないんだ？　って。
放蕩息子　山山も手強いわね。
生を口実に服従しない、奪われるだけの労働をしない、無力をあてにしない、卑屈にならない、限界を死を押しつける暴力を前に沈黙しない、まだまだたくさんあるんだ。
娘　そう、わたしも娘のままでいたくないわ、娘の地位はもういらない、だからやっぱり家を離れるわね。母と父になにかあったら帰ってきましょうよ、ね、素敵な恋人たちなんだもの。
放蕩息子　ああお前がどこかにいるという事実だけで十分だ。
作業員　おおいいところに来た、ちょうど最近の若者はどこにいるんだろうなあと思ってたところなんだ！
社員　ミチコ！
娘　お母さん、大丈夫？　お父さんが帰ってきて家に誰もいなかったら号泣するわよ。
妻　声が聞こえてるから、大丈夫よ。
放蕩息子　酒と肴を持ってきました。
作業員　おお！　小言は言うべし酒は買うべし！
放蕩息子　ま、どうぞどうぞ。

作業員　ああ、もう、ちょっ山山、はい！
放蕩息子　いやいや山山いきましょうよ。
作業員　いえもう山山！
妻　おいしいわねえ、この煮っころがし、ミチコが作ったの？
娘　そう、煮っころがししか作れないの。
妻　今度、たくさん教えてあげるわね。
社員　ミチコ！
作業員　ブッシュウウウお前も呑めよ。
ブッシュ　このヒト、なぜこんなことを言うんです？
放蕩息子　ブッシュの笑顔が見たいんだよ。
妻　ねえ、もっとたくさん呼びましょうよ。
娘　これぐらいの人口密度がちょうどよくない？
作業員　多けりゃ多いほどいいに決まってらあ！　な、鬼の出番だぞ。
社員　ええ、やけに糞なんです、私は叫びますよ、離れてください、鬼が叫びますから
ね。（ゲートに向かって叫ぶ）おい、門を開けろ！　開門だ！　門を開けるんだ！
作業員　いやあ愉快愉快、ま、煙草でも買いねえ、あ、金がない！　（笑う）
妻　あんた、それ、何の酒？
放蕩息子　どぶろくだよ。

作業員　ああくそ、思い出した。あの日、知っているヒトが死んだ。
放蕩息子　知らないヒトも死んだよ。
娘　これからまた知らないヒトがやってくる。
妻　知らないヒトは知っているヒトになるのね。
作業員　だから何だ。
ブッシュ　もう死んだ知っているヒトも知らないヒトも生きている知っているヒトになるということですね。
作業員　革命じゃないか！
社員　社会のシステムは知らないものを排除するが、私たちは知らないものを知ることができるし、わからないものといつまでも付き合うことができる、門を開けろと言っているだろう！
夫　わたしがいることを、忘れているだろう！
作業員　お、役者の登場だ、歌え！
妻　よかったわ、無事に帰ってきて、本当によかった。
夫　わたしが帰ってこないはずがないだろう。
妻　家を建て直さないといけないわ、まずは設計図を書かないとね。
夫　そのあとはわたしに任せてくれ。
作業員　おれも手伝うぞ！

夫　なんだお前酔ってるのか。

娘　わたしは家を出るわ。

社員　ミチコ、いいかい、行先が不安になったら、理由もなくさびしくなったら、君専用の電話ボックスを見つけて、そこに駆け込んで、私に繫《つな》ぐんだ、私はいつどこからだって応答する準備を整えているからね、その行動には何の不安もない、だって君専用の場所なんだから、私は泣くけど別に私にじゃなくたっていい、そのときに思い出した誰かでもいいんだ、とにかく愚痴でも文句でも何でも声に出して話すんだよ、まだ会ったことのない人たちにだって話しかけられるんだ、でも神様とか昔の自分とかはだめだよ、そんなものは校庭のタイムカプセルにまかせておいて、いまどこかにいる誰かにむかって話すんだ、いいね、きっと見つけるんだよ。

放蕩息子　おれも行くよ。

夫　さびしくなるなあ、さびしすぎて何も言えんよ。

作業員　暗い暗い暗い！

ブッシュ　そう気を落とさないでください、事情はわかっていますから。

妻　出発のときに言葉がないなんて、暗いわ。

夫　山山だよ。

作業員　暗くなると、終わっちゃうだろう、ピクニックが！

夫

終わらせやしないさ、だらだらとでもいい、つづけよう、一つとして同じ時間などないのだから、そのつづいているなかにいつもとは違うものがまぎれ込んでいるのだから、それを見つけて、またつづけよう。

（了）

正面に気をつけろ

登場人物

群集人間
FTZR
夫
女
娘
門番
書記
作業員（アイドル）
アナウンサー
略奪者
ユニフォーム

群集人間　立ち止まってくれ。ちょっと話そう。わたしたちは二十一世紀を迎え、同じ方向に逃げる群れとなった。世界は広く、多様性に満ちあふれており、外からやってくるものを歓待し、愛し、友情を結び、昼には働き、夜にはおのおのが持ち帰ったできごとを語らい、ふんだんに飲み食いし、疲れたら横になって眠り、明日を迎える、それがよいことだと了解した。戦争、殺人、差別なんてもってのほかだが、いまだに間違った人びと、レイシスト、ファシストは生理的嫌悪感でアンプリファイした大声で周縁にいる人たちを糾弾していい気持ちを味わう。わたしたちは彼らのようなふるまいは避けながらも彼らを排除することなく、鸚鵡《おうむ》返しも否定もすることなく、まっすぐな目でその顔たちを見つめ、小さな声で平行線の会話をつづけ、ルサンチマンを懐柔し、異なる者同士、身ぶり手ぶりとともに対話し、手をつなぐこと、性善説も性悪説も消え去った矛盾を孕《はら》んだ魅力的なわたしたちは自然と動物と機械とともに親密な生活圏を形作ること、知らないものたちとの絶えざる接触で人生が作られ、自分の内と外いたるところに他者を発見し、ことばを交わし、生きていくことがよいことだと了解した。資本主義は限界を設定してはぶち壊し先に進む、わたしたち人間はそういうわけにはいかず、弱肉強食といった自然の摂理には抵抗して、できる限り、弱き者たちを包摂し、排除を最小限に留めんことを、これをわたしたちの義務として設定した。

そういうわけで、この国にあるのは一本の道だけだ。起こりうることから悲劇的な偶然を排除し、未来を予測可能で安心安全な可能性で満たすために。昼も夜も満遍なく照らされるLED電球の影に潜伏する者たちは言う、可能なもののプログラムに身を任せた者たちは動いているふりをしているだけで実は何もしていない、貧しさが顕在化し、豊かさは世界のうちに潜在している、まだなすすべはどこかにある、と。

わたしたちのちっぽけな有限の身体は**たくさん**を抱きしめることはできず、ここから逃げることもできない、が、敗戦後から、

わたしたちの呼び名は、

耐えることだ。

市場は国の管轄から逃れ、もはや手のつけようもなく拡大をつづけるなか、この国が嬉々として取り組むことができるのは大国への追従、国外逃亡者の抹消、そして**交通整理**であった。堰き止められない流れは、定められた水路をよどみなく流れて、おだやかな幸福に至る。利便性と安全性を追求しつづけるわたしたちがそれを認め、受け入れたのだ。

選択肢は三つ。進むか、退くか、一箇所に留まりつづけるか。現代の民主主義とは、その限界が定義されていない専制政治だ、まっすぐな道を止められるまで歩みつづけて初めて、人はどこまで行けるのかを知る。来たるべき民主主義はいつまでも来たるべきのまま。先の大戦で全面的に露呈した愚かさには蓋をして、各家庭に配布された愛と平和と新しい秩序という名目シールは時を経るにしたがって剝がれ落ち、いまや再び愚かな口々がいたるところで開いている。今まで恥といっしょに身を隠してきた愚かなものが週刊誌記者の手も借りずに自然状態を装って道を埋め尽くし、この道を歩く者に手渡される注意書きには

「正面に気をつけろ」

と、だけ書かれている。

神は死んだと言われているが、この国ではもの笑いの種だ。道の影、ひとの背中、画面の中、

いたるところに神々がいる

のだが、誰もその存在について考えようとしないからいないも同然の話であり、わたしたちの愛する不条理が条理に組み込まれ、わたしたちはいつまで経っても神々をもつことが、ない。

知ることは求められず、知らないふりがよいことだとされ、わたしたち、ではないものを道の輪郭に沿って遮断する壁、つまり、ぼんやりとした空虚。を実体化したものが打ち立てられ、外の世界はない、必要なものはすべて道の中に取り込まれた。円いはずの地球は四角い箱になった。ぼくたちはこれで運命共同体だ、なんて、ほんと勘弁してほしいわ。道の両脇にはたくさんの大小さまざまな箱が建ち並んでいる。中身は中に入ったひとだけがわかる、そうやってみんな中に吸いこまれていく。

数多のＳＦアニメの主人公のように純真無垢ではないわたしたちはここがディストピアだと認識しているが、それを信じてもよいことはないということを了解している。ユートピアは万人に信じられれば存在する。ユートピアをどこでもない場所とする言説はここでは人気がない。天国にいるという幸福な思い違いさえできれば地獄にだって住むことはできる。政府と広告屋はディストピアをユートピアに見せる魔術の開発にご執心で、この世界の片隅における最高の人生の始め方、という短編映画を道端の大型商業箱の中に放流し、箱の正面にはおきまりの桜の紋所を飾り立てている。もちろん、箱は腐ったものは吐き出し、よいものだけを選別する。

　わたしたちはこの道で生きていかざるを得ない。強いあきらめを保持することが、この道を統《す》べる法であり、わたしたちはなにごとも受け入れる用意がある姿勢すなわち正座を保ちつづけている。

　そう、だから、何が起こってもおかしくなかった。長く持続するあきらめと、ひたむきに先走りつづける時間とともに、頭の上から便器を押しつけられることさえ心地よく感じられる、うららかで、朗らかな、

春、ここにいてはならない４人の、もう死んだ者たち

が現れたのだ。彼らはかつて、自分たちの運命を自分たちで変えたいと望み、都合のいい嘘に唾を吐き、情報を選別し、絶えず知ることを求め、自分たちがこれまでしたことは間違っていたと認め、歪みきったよい悪いの価値を正すために行動し、群衆とともに閉じこめられた小さな穴から抜け出すために声高に叫びもし、ブゥブゥ罵られたならまだよかったもののあっさりと無視され、こんなふうにして彼らの世界は終わった、啜り泣きではなく爆発で。もう死んだ者たちの墓は立てられず、埋葬もされず、あっという間に忘れ去られ、国の保持する戦没者名簿に、一九四五年九月のいかなる人間の日でもない日付のもとに、彼らの名前が記されて、彼らは死んだ。

彼らの死を単純な、あっけない、取るに足らない死とし、忘れ去ることは簡単であり、現にそうされた。しかしながら、彼らはこれが最後の啜り泣きを求めて、またやってきたのだ。主語「死んだ者たち」と述語「存在しない」は密接に繋がっているわけではなく、彼らは、そのあいだにある空隙にたしかに存在する。彼らは孤立した荒地からこの道に帰ってきた。

やってきた者たち

は墓で眠っていると思っていたら、いつのまにか海にいた。彼らは波に揺られながら、波の隙間から顔を出し、地に足がつくところまで泳ぎつづける。わたしたちは画面でその姿を確認することができる。彼らは波間から時折浮かぶ相手の顔を正面から見つめ、そこにいることを確認し、上陸する。

夫　生きていたのか。もう何年も黙り込んで、じっと一点を見つめているだけだったんだぞ。てっきりもう死んだものだと思ってたがな。

FTZR　そのとおり、もう死んだ。わたしたちの死体を眺めた役人たちはこう呟いたという、**リアルだ、まったくリアルだ**、と。そしていま彼らがわたしたちを眺めればきっとこう言うだろう、出ていけ、バケモノども。

夫　ワタシタチ、バケモノ、シタイ?

FTZR　そうだ、わたしたちは死んだんだ。

夫　戦争は終わったんだ。

FTZR　もう戦争は終わった、と言ってもらうのを期待して目覚めたはずだったが、いまわたしたちは溺死者だらけの海にいる。

夫　もう一度、眠れ。そして、二度と目を覚ますな。

FTZR　あんまりだ。それ以上にあんまりなのは、わたしたちは死んだ、という事実だ。

夫　いまこの世界で生きているみんながみんな、他のみんなを含むまわりにあるすべてのものが死んでいて、生きているのは自然と機械だけだと思っている。だけど、お前は存分に生きているよ、生きているわたしにはお前の姿がはっきりと見える。祝福しよう、何が欲しい?

FTZR　墓と、気持ちばかりの花をくれ。

妻　あら、おかえりなさい。

夫　ああ、その声を聞いて、ただいま、やっと本当に帰ってきた気がする。
ＦＴＺＲ　でも、家がない。
娘　生きてたのね。
ＦＴＺＲ　いや、もう死んだんだ。死はすでにわたしたちに親しい。
妻　そう、わたしたちは生きていたの。
夫　そうか、それは何よりだ。この場合の何よりは、本当に何よりも喜ばしい何よりだ。それにしても、どうして生きていたんだ。
妻　あなたにまた会うためにね。あなたが死んだら、そのためもなくなってたから、どうなってたでしょうね。
ＦＴＺＲ　だから、わたしたちはもう死んだんだ。
妻　とはいえねえ、そう簡単には、死ねないもの。
夫　もしお前が死んでいたらわたしは…　やっぱり死んでいただろうな。
娘　ねえ、本当にもう死んじゃったの？
ＦＴＺＲ　そう、誰も、このごろ、あいつに会ってないな、と思い出すこともなく、あいつが死んだと気づくこともなく、わたしたちは死んで、もうこの悲惨の反復は終わったように思われたが、わたしたちが一箇所に集められ、重荷を背負わされ、逃げだせば殺される反復は終わっていない、だから、わたしたちはまたここにいる。
夫　まいったな。さっき生きている歓びを感じたところだったのに。息を吸うと花の香りで腹いっぱいになってさ、吐き出すと頭がすっきりして、もうからっぽだ。
FTZR　死んだ日のことを思い出さないのか？
妻　知らないことは思い出せないわ。
夫　生活に必要なものはやがて思い出すさ。塩水が歯に沁みてな、何も思い出せんよ、おれは。
FTZR　たしかに痛みは忘却を阻止する。が、もう死んだのだから、忘れる必要もない。
夫　残念だ。おれはずっと昨日のことを忘れて生きのびてきたのに。おれたち、何か悪いことでもしたか？
FTZR　それを決めるのはわたしではなく、お前の自白を聞く方々だよ。
夫　自白するようなことなんて何もないし、これ以上、おれを裁いても血も何も出てこないよ。
娘　血も出ないの。糞は出るのに？
FTZR　わたしたちからはもう糞も出ない。お前の自白はお前にとって何の意味もないが、それを聞く人びとは大いに意味を見出す。お前が沈黙すれば誰も何もわからない。無から意味が生まれるなんて、素晴らしいことじゃないか？　お前は死んでいるというのに、まだ何かを生むことができるなんて！
夫　わたしとあなたには違いがあります、なんて素晴らしい！　なんてチャリティのごますりにはだまされんぞ。
妻　わたしが死んでいることを知ったのは、いまさっきあなたに聞いてからだし、そんなこと言われても、何も言うことはないの。
FTZR　時間は無尽蔵にある。

夫　もう一度、死ぬってこともありうるだろう。
FTZR　そう、でも、一度目に死んだときよりは恐くない。
夫　一度目のことは覚えていないし、二度目のことなんか考えたくもないね。お前の語り口が胡散《うさん》臭いんだ。どうしてわたしたち生きていると思っている人間にかまうんだ？　ほうっておいてくれ。わたしたちにとってはお前は糞も同然だぞ、せっかく生きて再会したというのに死んだなんて言われちゃ、台なしじゃないか。
FTZR　すまない。でも、誰かが不都合な真実を告げる役目を引き受けなきゃ、世界は没落の一途を辿るんでな。
夫　無辜《むこ》の民への死亡通知と世界の没落に何の関係があるんだ。
FTZR　単純な比例の関係だ。
夫　わたしたちはもう何も感じることはないし、何も愛することもないのに、どうやって世界とのあいだに関係が生まれるというんだ。
FTZR　わたしたちが死んでいるという事実によって。
妻　あなたももういい加減にしたらどう、おんなじことを何回も繰り返し言って飽きないものなの。
FTZR　いいか、これでもう最後だ、わたしたちは世界に、この道を作った社会に殺されたんだ。人間が社会なんてものを作ったときからわたしたちの運命は変わってしまった。わたしたちは社会の付け足しのへそから生まれた社会的人間として義務を果たし、社会から役立たずと見なされた途端、他ならぬその社会自身が、わたしたちはもう死んだ、と死亡通知書を発行し、わたしたちを殺した。以上。

妻　ここにまだ社会なんてものがあったとはねえ。懐かしい響き。声たち。

夫　驚いてものが言えない。しかも、そんなあるかなきかの社会に抹殺されただなんて、一生の恥だ。恥だけは残るってのは本当だったんだな。恥のおかげで思い出してきたぞ、労働従事者たるおれの神経は大勢の人間が乗り込む満員列車を支える線路だった。ぶちんぶちんと毎日毎日平常運転の列車がおれの神経を踏みつぶしていく。おれの身体は一秒一秒変化していたのに。行く先は薄暗い出口なしの穴で、えんえんとつづく下敷きを終えたおれは何とか立ち上がってその穴の中に入り、次は単調な画面に視神経を痛めつけられ、休憩タイムには頭上10メートル先にある白い空を見つめて目を休め、終わりの時間を迎えればまた線路になり、自分の穴に入って、慰めを求めた。社会的なおれの社会的な生活上の義務。おれは、神経を痛めつめる労働は真に意義深く、それを継続した結果、生活が真に価値あるものとなるはずだという信仰に嵌《は》まっていたんだろう。もう自分や他人の労働を信じろだの、敬えだのと要求されるのはごめんだ。

FTZR　働いているのはわたしたちなのに、その収穫を楽しむことができないなんてな。もう死んだ者たちはお前が思っている以上にたくさんいる。わたしたちもまたナショナリズムとは異なる形で大義を見つけて道を歩いていかなければならない。向こう側からは搾取したがる者たちが歩いてくるからな、そこでわたしたちは闘うことになる。

夫　聞いてるだけで、もううんざりだ。社会がわたしたちをもう死んだ状態にしたというのなら、わたしたちは別の状態になる。こうやって声を出して話ができるのなら、生きていようが死んでいようがどちらでもいい。わたしたちはひとつの状態になったんだ。

FTZR　状況が変わればもうそれまでの約束を守る必要はない。わたしたちの名前は例外状態だ。わたしたちを使って自分たちの大事な日常のルールを規定すればいい。わたしたちはわたしたちの戦争を制作する。誰も殺さず、殺されることなく、もう一度、生活するために。生活のさなかにやってくるたくさんの小さなすべての事柄を未決定な曖昧さで残すのではなく、断固として、ひとつひとつを決定する。

掟の門

やってきた者たちの先には道の入口に設置された

がある。そこにはふたりの門番が立っている。

門番　おれたちは負けた、もういっそ殺してくれ。

書記　子供のころ、戯れになにかを殺してみたいと思ったことはあるが、お前にはまだ手がついている、それぐらい自分でやれ。

門番　ぜひともお前に殺して欲しいんだ、おれを、桜の花がぱっと散るようにさ。

書記　そうしてやりたいのは山山だが、おれはお前を愛していないし、憎んでもいない。

門番　何の感情もなくドローンがやるみたいに殺してくれ。そっちのほうがいい。

書記　どうして死にたいんだ。
門番　おれの中にはおれに噛みついて首の静脈を食いちぎってしまうかもしれない犬がいる。
書記　じゃあ、その犬に任せておけ。
門番　これでも生きてるって言えるのか？　死んだ方がまだましだ。
書記　それでも生きてる、人はそう簡単には死ねない。子どもみたいなことを言うな。
門番　死にたいと思う子どもの欲望は大人たちを怯《おび》えさせるだろうな。
書記　おれを怯えさせてどうするつもりだ。
門番　おれを殺したくならないか？　そしたら、墓場までおれについてこれるぜ。
書記　どちらかといえば生きてほしいね。どうして殺してほしいんだ、お、れ、に。
門番　お前はおれのことを殺すに適《かな》う人間だと思っているだろう？　機械じゃそうはいかない。
書記　思っちゃいないよ。逆に機械はお前をそう見なすかもしれない、そして他の人たちがどう見なすかはわからない、広い世界だ。
門番　ああ、広すぎて、おれたちの世界は狭い。
書記　道の先に墓がある。
門番　墓なんてない。
書記　この道を歩いていけばお前は誰かが殺した人間たちの皮膚の上に立つことになる。
門番　踏まれても何も言えないほど固くなっちまって、かわいそうに。殺してくれ。
書記　お前が死んでも墓は墓だ。

門番　お前の父親はたくさんの動物を殺した、お前もいずれきっとそうするだろう。
書記　先祖がしたことの責任を子どもに取らせるのか？　馬鹿げた大間違いだ。
門番　そんなに、お前はおれに死んでほしくないのか？
書記　どちらでもいいが、どちらかといえば死んでほしくない。
門番　おれは自分の考えることが、おれがおれ自身で考えているのではなく、おれがこのくそったれな国のために考えさせられている自分を感じる。おれがこの国から命を借りているみたいなんだ。最早《もはや》おれはおれ自身で考えたい。それは何も考えないことか？　だから、おれはおれを殺す。その責任をとってくれ。
書記　いくら目の前にお前がいるからといって、お前に対して責任をとるなんてことはできない。おれたちふたりが結婚したとでもいうのか？
門番　おれはお前に対して責任をとる。お前は自分で考えて自分で生きろ。けっして殺されるな。
書記　おれが死んだらお前はどうやって責任をとるつもりだ。
門番　おれも死ぬ。
書記　誰得だよ。
門番　お前とおれだよ。
書記　気持ち悪いこと言うなよ。何を選んでも必ず、ど、ち、ら、か、だ。
門番　じゃあ誰か、おれたちが死んで得をする第三者が必要だ。
書記　ああ、そうだ、おれたちふたりでは堂々巡りだ。
門番　ほら、やってきたぞ。堂々巡りは終わりだ！　ようこそ！　卑屈で窮屈な国で本当に粗茶ですが、どうぞ。さあ、どこで生まれて、どこから来て、どこに来た。
夫　質問せずに歓迎するということはできないのか。
FTZR　ドイツで生まれて、ドイツから来て、日本で死んだ。
書記　いいなあ、ドイッチュに行きたいなあ！
門番　どうして死んだりなんかしたんだ。
FTZR　よく知ってるだろう、強制収容所で勃興を極め、リトル・ボーイですべてが終わったんだ。
門番　黒い雨が降ったから原子爆弾が雨のように垂直に落とされたのか。原子爆弾が雨のように垂直に落とされたから黒い雨が垂直に降り注いだのか。忘れられた夢がまた戻ってくる。もうやめてくれ！
書記　古びた固有名詞で刺激しないでくれるか。こいつは、やっとこさで生きているところなんだ。
夫　すまない、おれたち死んでないってわかるよな？　戦友のことを思い出したんだ。
門番　目的地は？
FTZR　おれの死んだ場所はどこにあるんだ！
夫　もうそろそろ黙っとけ。そうねえ、東京タワーとか？　靖國神社とか？
書記　もう誰もそんなところには行かない。
FTZR　誰にも行かせるものか、そこはわたしたちの場所だ。
門番　もう死んだやつを通す門はここにはない。
夫　死にながら生きているっていう普遍的なパターンだよ。わたしたちの仲間が、墓が、いや家がここにあるんだ。

門番　止まるな。息を止めろ。けっして甦《よみがえ》るな。両腕を上げて、頭を下げろ。

夫　金ならない。名誉もないぞ。愛はおれが死んだところで目に見えるものにはならなかった。残ったのは魂だけだ。勲章をもらえるはずだったが、脱走しちまって、死を授与された。捕虜になるより悪いというわけだ。

FTZR　そういうわけで、わたしが持っているのは紙切れ一枚だけだ。

門番　ヤッテキタモノ、ドイツ、コイツFTZR。ふざけてるな。公的に認められた紙にお前が署名したものでなければ何の効力もない。公の場では私的なものは公的になるとかいう言い訳は通用しない、公の場で公に認められた私的なものだけが公的になることができる。どうしてこんな糞どうでもいいことを言わされてるんだ。

書記　お前が公にそれを言いたがったんだよ。

FTZR　公の戦争はどこで起きている。わたしたちは私的に慰安しにきた。

門番　戦争はここではない遠くの見知らぬどこかで起きているから、そこへ行け。ここでは何も起きない。この国はすべてを飼いならす。おれたちは犬だ。

FTZR　じゃあ、ここには政治もないのか。

（沈黙）

夫　どうしたんだ、嫌に暗い顔をして。

門番　床屋で政治談義をしてると、おやっさん自慢のカミソリでおれの喉を掻っ切ってもらいたくなるんだ。

夫　重傷だな。なんでそんなになるまでほうっておいたんだ。

門番　気づいたときにはもう化膿してて受苦受苦《じゅくじゅく》だったんだよ。

書記　こいつはさっきまでおれの尻の穴に向かって死なせてくれ殺してくれって喚《わめ》いてたんだ。

夫　末期だな。もうそろそろ終わりにしたらどうだ。

門番　ちょうどそう思ってたところだ。もうここにはおれのほしいものは何もないからな。あるのはだだっ広い道に転がる犬の糞と厚顔無恥なおっさんの顔だけだ。

書記　くそったれな教育を受ける子どもたちにはもう文明、礼節、自由、希望といったことばの意味が理解できない。

門番　こんなところにどうしてやってきたんだ。

FTZR　穴の中を上から見下ろしてください。そこで小さな黒い点となったわたしたちは土が汚れるといけないからといって海に放り出されたんだ。海もまた汚れるというのに。水に流せば第一次大戦からお馴染みの屍体のようにばらばらになって見えるものも見えなくなって誰も気にしなくなるとでも思ったんだろうが、わたしたちはこうしてまたやってきた。死刑執行人はまだ息のある者がいないかどうか、ちゃんと確認しなかったんだ。中に入れてくれ。

門番　この門はお前たちのための門ではない。我々の領土に魔性の外国人たちが足を踏み入れることは望まない。願わくば貴国に帰り、お前たちの死者たちの尊い保護を受けて暮らされんことを。すでに我々は異教の外国人を知っており、怪しからぬ者と心得ているのだから。

妻　ぐずぐずしてないで早くこっちに来なさいよ。もうみんな、待ちくたびれてるわよ。どうぞ。

夫　いつのまに、どうやって通過。置いてけぼりにするなんて、いじわるだな。こっちは検閲でさあ、おれたちは中に入れたくないらしい。どうすればいい？　どうぞ。

妻　いつもいつも、料理、できた！　って呼んでるのにぐずぐずして食卓にやってこないからそんなことになるのよ。ひとつのアイデンティティにしがみついていれば、やがて道は塞がれるから、たくさんの亡霊と友だちになって、たくさんのことを同時に考えなきゃだめ。わたしは白人であり独身、既婚者であり黒人、女であり夫。門を通り抜けたいなら女と子どもがいちばんね。こっちに愛する妻と娘がいるんだ、早く行かないと男どもに殺されちまう、ぼくが守らなきゃ、って言ってやりなさいよ。かわいいわたしたちをほったらかしにするつもり？　でも、いずれひとつのアイデンティティに縛られるときがくるわ。そしたら闘うのよ。嫌だとは思うけど、いまのあなたのアイデンティティはまともな夫。おれはまともだなんて絶対に言っちゃだめよ、収容しても可と思われちゃうからナンセンスもだめ、不平不満なんてもってのほか、ただ恥辱に塗《まみ》れたら叫んでね、わたしはその声を聞き逃さないから。わたしの足が好きすぎてそれを枕にしたがろうが、ほうっておけば延々とわたしたちの写真を撮り続けていようが、そんなことは何でもない、あなたは十分まともよ。ねえ、もしかして、かわいいわたしたちのせいで嫉妬されてるんじゃやない？　わたしがその門番に証言してあげる。この人は誠実なひとです、絶対に悪いことはいたしません、こんな世界でも確信をもって言える絶対というものもあるんです、もし何かしでかしたらわたしのからだを捧げます。どうぞ。

夫　あっちにわたしの妻と娘が待っているんだ。通してくれ。

門番　どうしよう、妻と娘が中にいるらしい、家族を引き裂いたら世間が黙っちゃいないぞ。

書記　いいさ、この国が育んできたのんびりとした絶望を前にして、唯一考えられることは全面的な歓待以外にはない。お前たちを歓待しよう。そして、我々はその血を啜ることにする。

門番　さあ、どうぞ、お入りください。あなた方を歓迎いたします。なんといっても、それが礼儀ってもんですから。ただ、ここから逃げて帰るなんてことはできませんよ？　逃げようとすればするほどあなた方はこの国に絡めとられていくんですよ。同じ食事を同じ場所で同じ時間にとるわけですから、この国のきれいな山と美しい海にその、あなた方の血を、還していただくのがよろしいかと思いますね。

夫　わたしたちを犠牲者に仕立てあげるつもりらしい。

FTZR　そうしたいのならそうすればいい。わたしたちが当然それに従うと思っている、ゆかいな人たちだ。

門番　それにしても、どうしてお前たちは死んだんだ。

FTZR　なりふり構わず絶えず前進を命令され足と手を同時に生命の抹消のために動かしつづけることに嫌気がさしたわたしは数人の仲間とともにであれば脱走することができると思い、脱走を持ちかけ、実際にそうしたのだが、わたしの言うことは聞きいれられず、銃殺された。

書記　するとお前は実質的にご自分と仲間の命を単なる推測の基盤に賭けたのだ。

FTZR　そのとおり。しかしながら、わたしと仲間の命はすでに作戦の基盤に賭けられていた。わたしは人に賭けを任せるぐらいなら、自らを賭ける。

少し考えてみてくれ。

わたしと仲間とお前たちのすべては、もし今現在、この場所に、この道のただなかに、あなた方が好む不確実で危険な状況にいないとして、他のどんな状態でこの日を過ごしているのか？　もっと楽しく、おだやかに？　ひどい困難か不安か退屈のなか？

万が一、他の果実がこの賭けから生じなくても、わたしはそれを有益だと思った。しばらくはわたしたちを退屈から守り、命を貴重なものとして、いつもは考慮しない多くの事物に価値を与えるから。仲間たちは自ら勧んでわたしとともに賭けたはずだったが、そうではなかった。状況が変われば賭けるものも変わる、わたしはそれを忘れていたのだ。そしてまた、わたしたちは賭けをしにやってきたのだ。

門番　ファシストなの？

FTZR　ナチかユダヤ人かどちらかでしかいられないようなそんな時代だったが、わたしたちはそこから逃げて、殺された。

門番　どうしてまた生き返ったの？

FTZR　死んでいなかったからだ。わたしたちの力が必要か？

書記　ああ、おれたちの頭を上げるどんな力でも必要だ。

FTZR　了解、何をすればいい？

門番　古びて冷たくなったものをぶち壊すんだ。

書記　労働力が足りないんだ。介護と建設の現場は喉から手が出るほど欲しがっている。

夫　おいおい、勘弁してくれよ。

やってきた者たちは門番たちといっしょに鉄の

扉を開く。

これまでの薄暗さが消え、光が射したので、足を自動的に一歩踏み出すと、光と音の渦に巻き込まれる。人道的な戦車が道を踏み外した家を潰し、ブルドーザーといっしょに剝き出しの地面を均《なら》し、コンクリートを敷く、お馴染みの音、爆弾か花火か破裂音、そして人びとのささやき声。

アナウンサー　入口が大気を吸いこんでは吐き出す呼吸する通気口であるだけではなく、扉そのものであることも忘れないでください。大気の濃度がまったく異なっていたとしても、入口を通って入ってくるものはすべて、国道を循環する大気の一部です。だから、あなたと一緒に入口に吸いこまれなかったものにはすべて別れを告げ、また中に入る前、かつての国であなたを取り巻いていたものや、街を歩き回っていた時に、**あなたの周りに渦巻いていた懐かしいものの大半にも、さようならを言いましょう。**

FTZR　素晴らしいな。

夫　お前は扉を開くとき、いつもそう言う。

FTZR　わたしはいつでも扉を開いては閉じてを繰り返している、世界が終わって始まってまた終わるんだ。

夫　また終わるために、お前、かつてその前にあった扉を閉じよう。

道を前にした4人は

作戦会議

を始める。

夫　それで、おれたちはこのまままっすぐ進んで、目的は何なんだ。

FTZR　はなればなれになった仲間を見つけることだ。

夫　ああ、もちろんそうだ、だが、おれたちはここで暮らすのか？　それともまた別の場所に行くのか？

FTZR　別の場所などない。わたしたちはここで暮らす。

夫　おれには不安しかない。

FTZR　これからわたしたちは生きている道に突入する。生きている道に入るということは、チェーホフ爆弾を爆発させることによって、自分を死から救うことだ。

書記　お前たちおのおのの救われる世界はあるだろうが、ここにはお前たちのためのスペースはないのだから、中に入ればお前たちは追われることになる。背後からではなく**正面**からだ、お前たち、常に搾取されてきた、過去をよく知る者たちは見知らぬことに巻き込まれるだろう。お前たちにできる唯一のことは追いつめられた兵士たちの最終手段である**正面**突破だけだ、けっして振り返るな。

夫　くだらないやめたもう帰る。

ＦＴＺＲ　家出娘のように寂しくなったらおうちに帰れると思ったら大間違いだ、わたしたちは祖国からも追われているんだ。どこにでも追っ手はやってくる。

ただ、不安なのはお前には決断力がないということだ。いつも骰子《さいころ》か多数決に頼る、つまり、いろいろな決心をするという傾向がなくて、むしろ、だれがだれに向かって糞を投げつけているのか、どっちの影に隠れたほうが得なのかもわからないままに、頭を下げて、糞のなかへ突っ込んでしまう傾向がある。対策はあるのか。

夫　突撃隊の習慣が抜けないんだよ、頭よりもまず手と足が動く、何が起こったのか考えるのはそれからだ。

（沈黙）

夫　山道を歩くときは遠い目印を決めておくのが鉄則だろう。

門番　山はすべて均され、神々が身を隠す場所もない。

夫　それでも目印を決めておくんだ！　合言葉もだ！

ＦＴＺＲ　目印は仲間が教えてくれるだろう、合言葉は、**セイサク**、だ。

夫　この道のルールを教えてくれ。

門番　この道を行くのなら現実を排除することだ。何ともあさましいものだから。

書記　いつも同じ方角に向かってできるだけまっすぐ歩き、たとえ最初の気まぐれでこの方角を行こうと決めたとしても、たいした理由もなしにその方向を変えてはならない。というのも、このやり方で望むところへ正確には行き着かなくても、とにかく最後にはどこかへ行き着くだろうし、そのほうが森の中にいるよりはいくぶんましだろうからだ。だが、お前たちは森へ逃げ込んだほうがいい。

夫　ああ、そのほうがおれにお似合いだ、森の中でさまよっていたい。でも、家族はそれを許さないだろうな。

門番　かつては前方からやってくる危険な人物に対する最も安全な方法は、平然として同じ歩調で歩きつづけ、視線をまっすぐ彼方へと保持したまま、すれ違うことだったが、いまは無関心も役に立たず、みんな好奇心旺盛なのか、すぐに行く手を遮られる。

夫　何の助言にもなってないぞ。お前たちに聞いたおれが間違っていた。

門番　絶望しないこと、またお前が絶望しないことにも絶望しないこと。もはや万事休すと見えるときにも、新しい力は押しよせてくる。これこそお前が生きていることを意味している。そうした力がやってこなければ、それこそ万事休すということだ、しかも決定的に。最大の悲惨、それは個人の境涯、人々の境涯を攻撃しておきながら、それでもまだなにかを待ちつづけることだ。

書記　道を行くと目に入ってくる映像と写真は大衆のはけ口の掃きだめで、すでにわたしたちはその中に絡めとられていて、そこから抜け出さなければならない。

ＦＴＺＲ　わたしは墓穴からひとかけらのフィルムを持ち帰った。石に染みついた影、裸の全身に充塡されたガス、ポグロムが流した血、死んだ手が浮かぶ水に流されたたくさんの人間たちの顔が刻印されたフィルムは、それはかつてあった、そしてそうなることを望んだ群れがいて、それはいまもなおあるということを証明している（そんなフィルム、誰も見やしない）。フィルムは時間の経過とともに液状化し、どろどろになって、一塊の過去となった。そこが、わたしたちのやってきたところだ。わたしの満たされなかった欲望、不平不満、愛する者への心残り…　どうでもよい、わたしはここにいる、これから来るみんなになるんだ。苦しみは充塡された、そして、わたしは例外状態となってそれを脱し、そう、わたしは例外状態となって死んだ、そして、いまここにある悲惨な現状を生かしめている。生きている者たちは責任を取ろうとしないから、わたし＝みんなが責任をとって、この悲惨を終わらせるのだ。

夫　ありもしない責任をとることなど不可能だ。わたしたちは団結に失敗して犬死にした。これ以上の失敗はない。

FTZR　大失敗も小失敗もない、失敗にレベルはない、失敗に次ぐ失敗があるだけだ。たしかにわたしたちは団結に失敗して犬死にした、だが、また、ここに、わたしたちがいる、ということは、わたしたちが、もう一度、そしてうまく失敗しろ、という命令を下したということだ。

夫　おれはもうごめんだよ。いいかおれたちはもう何度も同じ話をしている、おれたちだけならそれでいい、ちょっとした脱線を楽しむことができる、でもここにいるのはおれたちだけじゃない、もう生きた死んだの話はなしだ、おれたちはここにいる、たしかなのはそれだけで、生きているか死んでいるかはたしかじゃない、おれかお前が笑うとき、おれは生きていると感じる、その瞬間を増殖させろ。結局、おれたちはまた死ぬ、その短い人生の使い道をここで決めなきゃならない。おれは家に帰る。

FTZR　ああ、だめだ、また繰り返しだ。**仲間だけが裏切る**、というこの糞だらけの世界を飾るにふさわしいオピニオンがある。お前たちがわたしを裏切り、わたしたちは死んだ。そしてまたいっしょにいる。ときどきよくわからなくなるんだ、どうしてまたこいつといっしょにいなけりゃならないんだ？

こいつはまた裏切るかもしれないのに？　ってな。
夫　結局おれたちが探していたものは少しの痛手だけではすまないぐらいの巧妙に編まれた悪夢だったに違いない。あのときお前の言うことを信じたとして、おれたちが死ななかったかどうかはわからない、たしかなのはおれたちがいっしょに死んだということだ。おれだけが生き残っていたなら裏切り者扱いすればいい、そしておれを殺せ。**だが、おれたちはいっしょに死んだんだ、それ以上の絆があるか？**
FTZR　わたしたちが唯一誇れるのは死ぬときに神に救いを求めなかったことだ。もう裏切りなんて起こりようがないんだ。
夫　おれたちは信仰心が厚いからなー
FTZR　いや、大事なのはわたしたちが信じるべきものを何一つ持たずに死んだということだ。この期に及んで**絆なんて**国が要請する代物をどうしてまた求められる？　まだ偽りの絆に頼るのはよそう、絆は生き死に関係なく見えない、見えるのはお前の顔だけだ。残念ながら死と釣りあう希望はそんなにたくさんあるわけじゃない。お前の言うことがそのひとつであるのかどうか、確かめる手段はない。赦さずともともに生きるならば、たとえその生活がつらいものだとしても、和解はすでに始まっているんだ。
夫　相手の弱味につけこんだ正当化はもう終わりにして、おれたちはそれぞれの身を保守しよう。しかし相手の保守を助ければ自分も助かるということはある。よって、おれたちの保守はひとつだけだ。それでいいか？
FTZR　お前が自分にだけ約束したことをわたしたちに対しても守れ。もう行こう。

作業員　ワタシワ四人ガ路上ニ出ルノヲ感知シタ　先ニ入ッタ二人ワスデニ道ノハシニ立ッテイルヤッテキタ者タチガ　イマゲンザイ立ッテイル場所ト天候ト時間ワ三分ゴトニスクリーンニ投影更新サレテ　ワタシニ命令スル　ハイハイ　アナタノ顔ヲ見セテ　アナタノ顔ヲ記録シマス　アナタノ傾向ト対策ヲ推定シマス　アナタガココデ何ヲナスベキカ　教エマス

ワタシノ身体ニワコノ道ノ安全度ヲ感知スルセンサーガ埋メコマレテイル　ミンナ　ワタシカラ距離ヲ保ッテ　命令ヲ待ッテイル　ダイジョブ　昨日ワタップリ眠ッタカラ　今日ワ誤作動ワ起コサナイ　自分タチニ役立テヨウト　ヒトワワタシヲ呼ンダノダケレド　役立ツヨリ先ニ　ワタシワコニドウシヨウモナク立ッテイル　コレワワタシトシカ呼ベナイモノジャナイ　ワタシワスデニ他ノタクサンノ名前ヲモッテイル　ワタシワ便宜上　ワタシ　ト言ッテイルケド　ホントウワ　ワタシタチナノ

シアワセ　トイウモノワ他愛ナクッテイイモノネ

ウツラウツラノ時間ヲ過ゴスコトワ　シアワセダワ

ソロソロ　ワタシタチニソックリナ

ヤッテキタ者タチニヤッテクル者タチ

ガ　ハビコッテキテ　周リヲ取リマクノガ見エマセンカ？　見エルデショウ？

群集人間　支配者たる夫のために着飾った妻のように美しく整えられた聖なる都へようこそ。
作業員　戦争トカ病気トカ学校モ家モ山モ雪モ　ミナ等シキ　イッシンノ現象デショウ
ソノ戦争ニ行ッテヒトヲ殺ストイフコトモ殺スモノモ殺サルルモノモ等シク普遍的真実デショウ
センジツモ屠殺場ニイッテ見テキマシタ
牛ガ頭ヲワラレ喉ヲ切ラレテ苦シンデイタケレドモ　コノ牛ワガンライ少シモ悩ミナク歓ビナクマタ
輝キマタ消エ全ク不可思議ナコトダナアト感ジマシタ
夫　人が多すぎるし、態度が卑屈だし、言ってることもよくわからないし、気が狂いそうだ！
群集人間　あらあら、お彼岸からやってこられたのですか？　大変だったでしょう。肌もヘアー
スタイルもぼろぼろじゃないですか。お彼岸でどんなことがあったのか、茶でもお出ししてゆっくり
お話をうかがいたいところですが、残念ながらそんな時間はありません。時間が迫ってきているのです。
見えませんか？　見えるでしょう？
夫　迫ってきているのはお前たちだ！
作業員　何シニキタノ？　イツマデココニイルノ？
門番　ただの観光だ。ここに親戚の墓があるらしい。
群集人間　復讐しにきたんだろう。蜜の味は甘いからな、吸い寄せられて。いったい、わたしたちが
何をしたというんだ？　どうして静かな盆の水を揺さぶろうとするんだ？　これ以上、ここに大きな
非ー理性があると困るのだ。
FTZR　水はいつも揺れているのに、それを必死に鎮《しず》めようとしている努力は認めよう。だが、

水は無情にも風に吹かれてまた揺れるんだ、誰かのせいにしてもいいが、何もいいことはない。

群集人間　お前たちの逃げ場はもうない。出口は塞がれたままだ。さあ、そのままわたしのおでこのように後退して、入ったところから出ていってください。度を超えて異なるものがやってくると困る者たちがここにはたくさんいて、いつもはおしゃべりなのに口を閉ざしてみじめな日陰に行かなきゃならない。わたしたちは世界中から馬鹿馬鹿恣意恣意というご意見ご感想をいただきながらも長時間勤勉だらだら働いて、たくさんの税金をプールに捨てて、この狭い土地にひしめきあって、毎日毎日隣人が発狂しないようにとお祈りしているんだ、これ以上の厄介事はごめんなんだよ。

夫　そんな国で税金なんてよく払っていられるな。

群集人間　税金は兵隊と同じように払うものじゃなくて徴収されるものだ。わたしたちは自分たちが何もしなかったことについて謝罪するし、わたしたちの中だけで解消する。自らの目的を達成するために、武器を使い、無実の人たちを殺害する者に対しては何もできない。わたしたちの忠実な精神はお前たちのそれよりも弱く、無力で、すぐに砕ける。だから友好的にお別れしよう、お前たちの家はここにはない。

夫　**おれとかわいい妻と娘の住む家がないというのか。妻と娘がいるので妻と娘の下の床や妻と娘の上の天井が見える。家があるので家の上の雲や空が見える。雪が降ると雪の積もった屋根や地面が見える。雪が降ると雪に濡れた雲や空が見える。**

（間）

おーい！　だめだ、たくさんの人間の同期した足音が声をかき消す。ふたりがおれの名前を呼んでいるというのに！

ＦＴＺＲ　選択肢は誰かに提供されるものではなく、わたしたち自らが作るものだ。白か黒かで失敗したわたしたちはここでは選択しないという選択肢を選択する。

夫　いずれの選択肢にも興味はない。あなたたちにも興味はない。さ、さようなら。

群集人間　大型トラックで休日の群衆に突っ込んでいくドライバーの気持ちがよくわかる。そいつの標的は誰か、ではなく誰でもいい、交換可能な生きている者たちで、ただそこに寄り集まっているという罪を持つ者たちだった。たまの休日を楽しんで何が悪いと居直られても、そいつも同じ文句を言いかえすだけだ、おれは自分のしていることがわからない、おれは自分がしたいと思うことをしているのではなく、憎んでいることをしているからだ、おれはお前たちを轢《ひ》き殺す、それの何が悪い？

夫　殺人者の気持ちはわかってもおれたちの気持ちはわからないのか、じゃあ、轢き殺されたくないおれたちは何をすればいい？

群集人間　ここから出ていってくれ。頼むから、これ以上ここに混乱を持ち込まないでくれ。

夫　それはできない。妻と娘と再会するまでは、せっかく生きているというのに、生きている心地がしない。

ＦＴＺＲ　**お前たちのアイデンティティあるいは秩序は外からやってきたわたしたちの可能性の抑圧を通じて成立する以上、お前たちは常にお前たちが排除したものに取り憑かれざるを得ない。**

群集人間　いまは戦後七〇年だぞ、もう君たちは出て来るべきでないのだ。わたしは君たちの名前を知っていて、君たちが戦死者だということを知っている。思い出そうとしてみても、君たちのことは何かの動いたあとに残るネバネバといったものにしか思えない（わたしが病んでいるのか？）、正直に言って、思いかえしてみても忙しいわたしたちは君たちのことをまともに考えられない（やっぱりそうだ）、わたしは君たちをもう死んだ人たちだとだけ思い（わたしたちもまた政治家だ）、でも大丈夫、わたしたちは夏休みになると、君たちのことをちゃんと考える、そしてもう、二度とあんなことはしない、と黙ってうなずくから、どうか、ぐっすり眠っててほしい。

書記　もう死んだ者たちは過去の中に沈む、とはいえ、お前たちは次々と継起する現在（うんざりしちゃだめ）をその過去から抽出するのであって、ということは、もう死んだ者たちもまた現在に属する。そして、やってきた者たちとの関係は未来であり、突然の偶然にしたがう未来の可能性なのだ。

FTZR　何かが起こっているんだが、あんたにはそれが何なのかわかってない、それが平常状態だろ、ミスター・群集人間さん？

群集人間　じゃあ、ここで何が起きているのか言ってみろ。

FTZR　差別だ。暴行だ。戦争だ。

作業員　森デ遭難シタワタシタチワ　目ノ前ニ浜辺ガ現レテ一瞬「助カッタ」ト思ッタ　デモ救イヲクレル道ニ辿リツイタ途端　ワタシタチワ屍体ニ変ワッテシマウ

群集人間　一方ではおだやかな笑顔が咲き乱れ、もう一方では大量の血と涙が流れる、世界はいつだって、そういうものだ。

遠くの戦争を想って鏡に浮かぶアンニュイな表情をうっとりと見つめていたら、次の瞬間には隣人を床に殴り倒している。そういうものだ。

いまこの瞬間ここで何が起きているかを言ってみるそばからことばは遅れているのだから、お前は何も言ってない。お前たち自身がいまここの状況に巻き込まれ、**状況の犠牲者**になっているんだ。わかるか？

ＦＴＺＲ　それではいますでに過ぎ去った状況を整理してみるとしよう。わたしたちは悲惨な戦争によって亡き者とされたが現に生きている、わたしたちが生まれ直したのは海のなかだった、足下にある土は故郷の土ではないが、わたしたちにはもう懐かしむべき故郷などないのだから、ここが故郷だ、そして、門番はわたしたちを歓待すると言って、門を開き、お前たちが押し寄せた。人間味あふれるわたしたちは人気者なのか？　かつては敵は鉄の微笑みのカモフラージュの後ろに隠れているものだったが、今では正面からやってくる。だが、わたしたち戦争の犠牲者はもう戦争をしないと決めた。それでもなお敵が目の前にいるのか。お前たちはわたしたちの敵なのか？

群集人間　お前たちはわたしたちの敵なのだから、お前たちにとってもそうなのだろう。

ＦＴＺＲ　ここにあるのはお馴染みの対立だ。わたしは対立など望んでいない、いま知りあったばかりのお前たちを敵だとも思わない、ただこの道を歩いていたい、素朴な散歩者だ。それが気に食わないのであればわたしを殺せ。そしてこの身体を煮て焼いて喰え。喰えば喰うほどわたしの胸の痛みもまた伝わるだろう。

書記　すぐに対立を持ち出すのはやめにしたらどうだ。お前たちかわたしたちがうまくいっているかどうかはどうでもいい、問題はお前たちとわたしたちのあいだがどのように進行しているかだ。お前たちはここで何かが起こったときでは遅い遅すぎるから避難訓練を日常に取り込みたい、それがためによそを排除しようとしているが、それではよそがなくなったとして、ここの世界はよいと言えるのか？　いいかげんにしてくれ。
群集人間　驚いたな、お前はここにいると思っていたのにもうよそにいるのか。裏切り者は節を変えるのが得意だからな、気をつけたほうがいいぞ。
ＦＴＺＲ　わたしたちの過去が欲しいなら持っていけ。複製可能だからな、各人が持ち帰って楽しんでくれ。ただ、残念なのは、殺される者たちはいつだって、待望の個人として、たったひとりで死んでいくってことだ。そいつの気持ちはわからない。殺人者を憎むこともできずに、うめき声だけを放って、それで何がわかる？　お前たちはうめき声が欲しいのか、それともただ目の前から消し去りたいのか。
群集人間　うめき声だ。いいか、戦争に敗れるくらいならこの国も滅べばいいとは誰も思わなかったこの国の国民は敗北を受け入れ、平和を愛している。
ＦＴＺＲ　より悪くないもののためなら際限なく愚かな支配も受けようというのか？　それが理性的で現実的な選択だとでも？
群集人間　お前たちはこの平和な路上で革命でも起こそうというのか。そんなものはこれまで一度たりとも起きたことはないし、起きることもない。
ＦＴＺＲ　それではわたしたちは連帯できない。だが、話は終わらない。
群集人間　お前たちが破滅したのは、連帯を持たない者に対して連帯を用いたからだ。
ＦＴＺＲ　すべての同意を取りつけるのは不可能だ、だが、少なくともひとつには同意することができるのだから、お前たちとは話をしている。このままつづけよう、そして終わりがきたらお別れしよう、この道は平和だと断言するのであれば。

群集人間　底なしの夜はあの高い建物たちが偽装するひときれの、小市民たちのふうわりとした日常を揺さぶる。**もちろんマカロンは明日も売れるとも。**ここではけっして平和のためのことばを撒くな、平和のための笑顔を売り買いするな。平和でありたいと願う小さくてやわらかな細胞は平和のためのピッキングを学ぶのに好都合だ。彼らはどんなことでも覚えこみ、何かが起きたあと、みんな忘れてしまう。残るのは衝撃が残した凹みだけで、その凹みは苦しめるばかりでもはや何ひとつ学ばせてくれない。

平和を材料に爆弾と戦闘機が作られ、戦争が起こっている場所に輸出されている。わたしたちはどうにかして生きていても死んでいても同じことだという状態、つまり、平常状態から抜け出したい。

FTZR　それではわたしたちはひとつ決定をしたぞ。みんな、寄り集まったままこの道から抜け出す。

夫　逃げて、閉じ込められて、抜け出して、そればっかりじゃないか！

FTZR　気づかないのか、ここにいるみんなが同じ方向に逃げているんだ。

（沈黙）

FTZR　まだ何か不満があるか？

夫　あるとも。おれは家に入って、家で過ごして、気が向いたときにたまに外に出たいんだ。

FTZR　そうすればいいじゃないか。

夫　そうできないからわざわざ言ってるんだろう。

群集人間　お前がひとりでそこに住み、そこで生き、そこで死にたいというのならできないことはない。選り好みしなければ、この道のどこにだって箱はある。

夫　ひとりじゃだめだ、おれたち家族の家が必要だ。

門番　家族なんてどこにもいやしないじゃないか。

夫　それがいるんだよ。お前たちが見逃した妻と娘が。

門番　うだうだ言ってないで探してきたらどうだ。

夫　いいのか。じゃあ、やっぱりおれはこの状況を抜け出すんだ、加害者にもならず、犠牲者にもならず。

作業員　ワタシワ今日　夢ヲ見タノ（おいおい）アナタタチガヤツテクルトコロヲネ　壁ヲ乗リ越エテ勇敢ダッタネ　旗ヲ振リカザシテ　ワタシニ叫ブンダ　道ヲアケロ！（おい）ッテ　デモ　夢ジャナカッタ　ワタシワ見タノ（勘弁してくれよ）ワタシガ愛スルアノ人ガ　ワタシニ両手ヲ差シ出シテイルトテモ遠クテ　ニホンノ黒イ棒ニシカミエナイ　コノママジャ届カナイ　ソコニ壁ヲ乗リ越エタ　アナタタチノ足ガ落チテキテ　ワタシノアノ人ノキレイナ両手ヲ踏ミ潰シテシマッタ　血ガ流レタ　叫ビ声　助けて！　ッテ　オソラク叫ンデイルンダ　ワタシハ思ウマモナク　走ツタ　ソシテココニ辿リツイタ　ワタシワアナタタチヲ　殴リ倒シニキタンダ　ワタシノアノ人ニ悪夢ワ必要ナイ　アアコノ道ハソレ自体ガ実ニツライ夢ナノニ　オ前タチワ　ナゼ　サラニ　ワタシタチノ夢ヲ　カキ混ゼヨウトスルノ

FTZR　お前の望みは叶うだろう、お前の世界の中でだけ。

作業員　クソッタレ！

声を出していたすべての者たちが抜け出す。

アナウンサー　さあ、やってきた者たちが抜け出した！　死んだ兵士の魂は語る、群れの中にある小さなすきま、あれはわたしのための場所かもしれない！　戦闘集団から抜け出した彼らは走る、我々の勝利のためではなく、自分たちの勝利のために！　我々の集団を出しぬき、抜け出し、違う道を走っている。またやるのか？　重大なルール違反です！　ＶＴＲ？　スローモーションで見てみましょう！ああ、なんてこと。足と手が見事に連動しています！　それでも我々は追わなければならない。彼らは我々に追われる身となった！　どうするんだ、兄弟？　ゴールは一個のうらぶれた穴だ。我々のゴールは違う、ああなんと、彼らはゴール地点を見誤ってしまった！　温泉にでも行くのかな？　なんということでしょう！　さあどうする、どうするんだ兄弟！

夫　あっという間に大変なことになった。お前たちはついてこないほうがよかったんじゃないか。

門番　後悔するほどの時間は過ぎていない。もうすでにおれたちはクビだし、それは願ったり叶ったりだ。

夫　なんでもすぐに決まるのはよいことだ。

門番　でも、おれたちの処遇はいつまで経っても決まらないし、おれたちはこのまま殺されるかもしれない。

書記　連中はもう殺しはしないさ、死んだように生かして、ものが言えなくなるように口を塞ぐだけだ。

ＦＴＺＲ　壁に釘打たれた時間は解放された。わたしたちに時間を知らせるのはまた、やってくる者たちの声だ。

道端に、くすくす笑い、こそこそ話し、

物見遊山

する女たちが立っている。行進する男たちにとって道端に佇む女たちは娼婦であり、気軽に声をかけ、あわよくばその肌に触れて自らの領土を拡張しようとしたが、女たちは近寄ってくる彼らは無視して、自分たちの見たいものだけを見、聞きたいものだけを聞き、触りたいものだけを触った。女たちにとって一本の道をゆく男たちはどれも交換可能な商品であり、女たちは笑いと涙にあふれる映画館で映画を観るように通りを眺めた。

妻 まったくどこ行っちゃったのかしらねえ。いいものを買ってやるって意気込んでたのに。

娘 でも、パパはもう死んじゃったんでしょ?

妻 あの悪い友だちが吹きこんだのよ。パパが死んじゃったら困るでしょ?

娘 でも、わたしたちも死んじゃったんでしょ? これからだってときに!

妻 恐いの? 虎になりなさい。虎は恐がらないわ。でも、この道を右に左にあくせく走り回っている男たちはみんな恐がっている。自分たちこそが道の真ん中を歩いている、道のほうがおれたちの歩みについてくる、本当はそう思いたいのよ、ね? 昔から馬を乗り潰すとはよく言ったものね。馬は程度ってものを知らないからいくらでも駆けて行って、ぶっ倒れてしまう。単純だけど耳に残るでしょう、十九世紀みたいに、人間は馬でも虎でもない、とは言えないもの。ここでは見たとおりのことが、行われている。見たままのものがすなわち内容よ。馬は程度を知らないからいくらでも駆けて行って、ぶっ倒れてしまうだけ。**でも、恐いとね、そこらへんにあるものが大きく見えるでしょ。これが愛なの。**

娘　知ってる。わたしのことを好きなひともわたしのことがとっても大きく見えるみたいで、いつもわたしを見あげてるの。

妻　かわいそうにねえ。

娘　ねえ、あの人、泣いてるみたい。全身が震えて、涙も手も頭も地面に落ちて、もう上なんか見られそうにない。

妻　かわいそうにねえ。でもね、きっと顔を上げるわ。そうでなきゃ生きていけないもの。

娘　どうして泣いてるの？

妻　それがわかったらねえ、もうちょっとなんとかしてあげられるんだけど。豚が背中をぶたれたときにどう感じているかどうかは叫び声以外わからないのと同じように、わかりようがないわ。

娘　わたしたちにはことばがあるんだから、話、聞いてみればいいじゃない。

妻　悲しみはね、伝染するの。あなたの目だってもう潤んでるじゃない。話なんて聞いたらわたしたちの悲しみまで大きくなっちゃうわ。悲しみも苦しみももう十分。その小さな身体じゃ、これ以上は耐えられそうにないでしょう？

娘　涙を流したらすっきりして、からっぽになるわ。いつもの空虚がそっと歩いてくる。

妻　そうそう今日も洗濯機を回さなきゃ。からっぽになるために泣くの？
娘　長く曲がりくねった年月の線を顔に刻んできたママとは違ってわたしには何も悲しいことがないもの。
妻　あのひとが悲しんでいるのが悲しくないの？
娘　わたしを悲しませるのはわたしだけ。悲しむふりならできる、だって、ひどい話じゃない。今日はやっとの休日で、気晴らしに買い物にでかけていった先で爆弾が爆発して何も知らないまま身体を引き裂かれちゃうなんて、考えただけでも涙が出てくる。恐がっているわたしが涙を生むの。
妻　恐いわねえ。どんどん壁が高くなるわ。
娘　わたしは目をつむる、そうすれば一切が消えてしまう。
妻　目をつむっていたら毛むくじゃらの腕があなたの腕を摑んで暗闇のなかに引きずり込んでしまうから、だめよ。おうちに帰って、わたしの腕のなかで眠り、世界の重さが静まるときにだけ、そうしなさい。
略奪者　それを渡せ。
妻　わたしが長い長い人生をかけて大事にしてきたものをいまになって奪うつもり？
略奪者　お前の人生がどうというわけではない。それがいま、おれたちには必要なんだ。お前がそこにいて大事なものを守っている、それが重要なんだ。ものの自体は本当のところ、どうでもいい。おれたちにはお前たちが重要だと思っている、それが必要なんだ。

娘　どうしてこんなに偉そうなの？

妻　男たちは戦時下の地位と肉の焼ける香ばしい空気を待望しているからいまだにわたしたちの呼び名は女こどもなのよ。

娘　不安と恐怖さえ与えておけば何でも好き勝手できると思ってるの？

妻　ただの思い上がりよ。ほうっておけたらいいんだけどねえ。

娘　怒るわよ。

妻　もう怒ってるじゃない。

娘　それって何なの？

妻　わからないわ。

略奪者　そう、それはそっくりわたしたちのものになる。その他はなしだ。

妻　家にいれば銃後、道に立っていれば娼婦、テレビに出ればアイドルとして裁かれるわたしたち女はいつだって男たちに犯されている。あらゆる世紀の恋愛ポエムが、女は男の身体という重荷を受け入れたいと欲する、なんて謳ってるから、女にはなにごとをも受け入れる姿勢が備わっているという勘違いが蔓延している。不安に冒された男たちは暗黙の合意を取りつけたと吹聴して強制を献身に変える。わたしは夫にだって身を明け渡したりなんかしないというのに。醜悪な身振りがわたしの身体の中の大事なものを壊してしまって、取り返しがつかない。何か楽しい、笑えるものを見たかった、別世界のものが見たかったのに。もう言うことを聞いてくれないかもしれない身体にまた辛抱強く説得しつづけなきゃならない。

娘　わたしは小学生になったときからずっと酷《ひど》い頭痛持ちで、頭の中で鐘がなるの、頭の中は倍音でいっぱいになっちゃってもちろん先生と生徒の声なんて聞こえない。ひどい痛みで、涙が出てくる。そうなると、まわりにいる人誰でもいいから傷つける言葉で口汚く罵って、その頭を殴って同じ痛みを味わわせたいと思っちゃうの。そのときは、そうしなかった。でも、またいつ、そうなるかはわからない。だから、わたしはそのときのことを忘れないように気をつけているのに、今度は外から頭を痛めつけるの？　わたしのなかにある不条理が爆発しちゃってもいいの？

略奪者　実を言うと、過ぎ去った、もう終わったことどもを思うと、それなしで満足していたような気もする。けれども、一日一日のなかでは、そうはいかない。むしろ、仕事も何もかも煩《わずら》わしい。それでもう止めにして、こうして道に出て、要求するんだ。けれども、お前たちの怒りに触れて思い返さざるを得なくなると、またもや満足していたような、気になってくる。おれが必要としていたそれが何だったのか、よくわからなくなってしまった。

作業員　夜ガ覆イカブサッテ　世界ノ昨日ヤ明日ヲミツメテ　朝イッポ足ヲフミダスト　ハジメテ見タ道ネ　灰色ノ人タチワ曖昧ナ箱ノナカヘ入ツテ　頭ノ上ニワ黒イ雪ガツモツテイル　ワタシノカラダヲ抱ク腕ワ　アタタカカッタ　ワタシワ泣クダケ泣イタアトデ　スマアトフオンヲ　食ベタンダ

イチニチ音ノナカデ首ヲ揺ラス　過労終ワラス

人間ガ拭イサラレタ路上ニネコロガッテイルト　イロイロナ小サナ虫ニ食ベラレテイクノガワカルカラ　ワタシワソレデモイイシ　ドコカヘイッテモイイト思ッテ　ウロウロシテ　オ前タチヲミツケ

テ　ドウセ叱ラレルンダ　コレカラ雪ノ上ヲズット歩イテイツテ　モウ死ンダ人タチトスレチガツテ肉ガホシイノ？　モウナニモカモイヤニナッチャッタ　モット悲シマセテヤル　ワタシガアキラメラレルトキガ来タラ　時間ヲカケテ　赤チャンガ眠ルトキニ発生スル気持チヲ　オ前タチニ返シテヤルカラ　食ベタライインダ

FTZR　応答するべきだろうか。

夫　らしくないな。

FTZR　疲れているのかもしれない。

夫　あいつはお前の正面にいて、お前の正面にあいつの顔があるんだ、いつもどおり応答しろよ。

FTZR　わたしはあいつの顔が何を言わんとしているのかわからない。

夫　わからなかったら応答しないのか？

FTZR　疲れているんだろうな、こんなことは言いたくないんだが、やっぱり疲れている。

夫　おれが応答する。休んでいろ。ひとりなのか？

作業員　**ワタシワヒトリジャナイ　タクサンダヨ**

夫　たくさんには見えないいな。

作業員　**ミエナイノ　ミエルデショウ**

夫　いや、見えない。

作業員　ザンネンネ　モウ死ンデシマッタノヨ　クソッタレ　勝手ニ　コンクリートノシミニナッテ

夫　たくさんはこれからも増えるのか。
作業員　増エルデショウ　道デ　スレチガウヒトタチ　アナタノ顔モ　マタ　モウ死ンダ人タチト似テイテ　ワタシニハ死ンダヒトガ大キスギテ　見分ケガツカナイ　生キテルノ　死ンデルノ　ドッチ
夫　おれは生きていると思っているが、本当のところ、よくわからない。
作業員　ワタシニモワカラナイ　デモ会エテヨカッタ　アナタハ恐クナイモノ　トッテモイイ一日ダワ　イイオ天気デシタ　アナタノオ名前ワナニ？
夫　コッホ。もう誰もその名がおれのものだとは信じてくれないんだが。
作業員　コッホ！　コッホ　コッホ！　スバラシイオ名前ネ！　アリガトウ、コッホ。
夫　お名前は？
作業員　タクサン　ダカラ　忘レテシマッタワ　教エテアゲラレナクテ　ザンネン　ホント　ワタシノアノ人ガ　イナクナッテシマッテ　困ッテルノ　ドコニイルカ知ラナイ？　夜ガ覆イ被サッテワタシハココ　明ルイトコロニ立ッテ　モウズット待ッテイルノダケレド　彼ノ唇ガ　ワタシノ名ヲ囁ク息ヲ
夫　もうだめだ、おれは。まったくもう、だめだ。

尋問

F　この世の中に何種類の人間がいたのか。
L　二種類だ。
F　それはどのような種類だったか。
L　支配する種類と支配される種類だ。
FTZR　ひとつ聞きたいんだが、今でもまだ支配する種類と支配される種類に分割されているのか。
L　もちろんだ。
FTZR　なぜ支配される種類は支配する種類に服従するのか。
L　支配される種類は支配する種類への服従を献身と崇拝にすり替える。
FTZR　なぜ支配される種類は支配する種類への服従を献身と崇拝にすり替えてまで服従するのか。
L　支配される種類は支配する種類を前提としているからだ。
FTZR　支配する種類を前提としない支配される種類はいないのか。
L　少なからずいるだろうが、数が少ない。

FTZR　支配される種類もまた数で分割されるのか。

L　支配する種類と支配される種類の双方が分割を望んでいる。

FTZR　それではやはり暴力によってでしかその分割は壊せないのだろうか。

L　いや、暴力によってもその分割は壊せないということがわかった。

FTZR　それは支配する種類のプロパガンダではないのか。

L　いや、支配される種類が暴力なしを望んでいる。

FTZR　しかし、支配する種類もまた支配される種類なのではないだろうか。

L　たしかにそうだが、支配する種類は自らもまた支配されているという事実を認めないだろう。

FTZR　それでは支配する種類は支配する種類を前提としておらず、支配される種類こそが支配する種類を前提とし、あらしめているということだろうか。

L　支配する種類は支配される種類なしでは何ものでもない。

FTZR　支配する種類も支配される種類もまた愚かであるのなら――

L　その仮定は間違いだ、愚かなのは支配する種類でも支配される種類でもなく、支配する種類と支配される種類の関係だ。

FTZR　支配する種類と支配される種類の関係が愚かであるのならば、ここに秩序は存在するのだろうか。

L　支配する種類が無秩序を生みだし、支配される種類が秩序を保っている。

FTZR　なにかの間違いではないか。

L　いや、これは間違いではない。
FTZR　なぜ支配される種類はそれでもなお秩序を保つのか。
L　支配される種類は秩序を保たなければ支配する種類から暴力を加えられる。
FTZR　それでもなお支配される種類は暴力なしを望むのか。
L　支配する種類の暴力を目の当たりにした支配される種類はそれを愚かだと感じた。
FTZR　支配する種類の愚かな暴力には暴力をもってでしか抗えないのではないか。
L　それは愚かな論理だ。
FTZR　愚かでない暴力はないのか。
L　そんなものはない。
FTZR　それでは、支配される種類はただ指をくわえて支配する種類の愚かな暴力をやり過ごすほかないのだろうか。
L　いや、支配する種類を前提としない支配される種類は激怒している。
FTZR　支配する種類と支配する種類を前提とする支配される種類を前にして、それはなにか意味のあることだろうか。
L　支配する種類を前提としない激怒する者たちは支配する種類と支配される種類の愚かな関係から離脱する。
FTZR　関係は中からしか変えられないのではないのか。
L　支配される種類と支配される種類から離脱する者たちにもまた新しい関係が与えられるだろう。

FTZR　しかしそれは愚かなことではないのか。
L　誰がそれを愚かだと言うのか。
FTZR　支配する種類と支配される種類がそれを愚かだと言う。
L　しかし誰が無秩序を生む支配する種類と秩序を保つ支配される種類の関係を変えるのか。
FTZR　お前たち、支配する種類と支配される種類の関係から離脱し、激怒する、新しい関係を作る者たちだ。

ニュルンベルクで小耳

夫　なあ、に挟んだんだが、たくさんの人間を殺したある一兵卒の、上官の命令に従っただけだという抗弁は聞き入れられなかったらしい。たとえ上からの命令であっても有無をいわせず裁くことが世界に言明され、その罪の償いが求められた。つまりだ、市民よ、祖国のために戦え、この命令にはあなたも、国家も、責任はもてない、命令はすべてお前がお前自身に下したものとされる。わたしの心は、理性が社会のルールを採り入れる前から、機械的にそれに従っていたのであって…　という古い弁解は通用しない。すべては無常だよ。**おれたちが逃げ出したことは間違いではなかった。おれは処刑されたくない。したがって、命令に服するわけにはいかない。**

ＦＴＺＲ　わたしたちはわたしたち自身に命令している。その声を聞くかどうかはわたしたち自身が決めることだ。いくら無常といってもわたしたちの限りある身体はすべてのことを受け入れることはできない。受け入れることができる線を伸ばしつづける努力はいつだって必要だが、受け入れることができない点もまた熟考し、妥協の線を引かなければならない。

夫　妥協だとお？　おれたちに散々説教して死ぬ間際までうるさかったお前がこの期に及んで妥協だとお？

ＦＴＺＲ　エゴイストとエゴイストが正面から対峙して殴り合わないためには尽きせぬことばと妥協が必要なんだ。もちろんわたしは相手を殴り倒すこともできるし、されるがままに殴り倒されることもできる。暴力はたしかに状況を変えるだろうが、爆発を全身で味わったわたしは暴力を憎んでいる。それがどれだけ声高に正しいと叫ばれようとも。

夫　たとえお前がどんなにそれを憎んだとしてもそれは四方八方からやってくるんだ。そうなれば暴力の発信源たる相手を憎むことにもなる。そしてお前はそいつを殴り倒すだろう。

ＦＴＺＲ　わたしは殴り返すよりもまず声を発するだろう。憎しみを足に転嫁し、抜け出すだろう。不眠の夜がやってきても眠らずに走りつづけるだろう。

群集人間　図らずも、４人は

何も起きていない

と言われている場所に到る。青く変色した楓の木に寄りかかった作業員（アイドル）が膝と膝の間に頭を垂れて煙草をふかしている。

夫　何かあるか？
ＦＴＺＲ　**何かが起きて、いまもなおつづいているのに、何も起きなかったかのようだ。**
夫　誰もいないのか？
ＦＴＺＲ　ひとり、いる。
作業員　近ヅカナイデ　ワタシニワモウ誰モ近ヅイチャイケナイ　目ニ見エナイ光ダケガワタシニ触レル　外ワイイオ天気デ嵐ハマダヤッテコナイ　デモ　ワタシノ上ダケハイツモ曇リデ　誰モガソレヲ見テ　嫌ナ顔ヲスル　ワタシハ臨界ニ達スルト爆発スルカラ　人間ワ爆弾ヲ呑ミコメバ爆発スル　爆発スルノハ爆弾ヲ持ツヒトダケジャナイ　マワリニアルモノミナ爆発スル　可燃性デナクテモ爆風デ吹ッ飛ブノ　爆発ガ呑ミコメナイモノハイナイ　波ガ呑ミコメナイモノガ存在シナイヨウニ
ＦＴＺＲ　わたしたちは爆発と波の中からやってきたんだ。
作業員　イツタイドンナ力ガ運命ノ法ヲ断チキルノカ
ＦＴＺＲ　その法は誰かに課されたものじゃない、お前がお前に課したものだ、お前から逃れるお前だけがその法を断ち切る。

作業員　ワタシワカツテ　ミンナニ崇メ奉ラレル前　コウ思ッテタノ　アア　ナンテ　絶望的ニ安泰ナ生活　クソツタレ　毎日　スバラシイコトダト思ッタ　デモ　何カガワタシノ足ヲ落チ着カセナカッタ　ソレガワタシノアノヒトノ為ナラヨカッタ　ソコニハ必ズワタシノモノダケデワナイ限界ガアッテ　ハヤルワタシノ足ヲオシトドメテクレタダロウカラ　デモ　ヤッパリアノヒトワイナイ　ワタシノ足ヲ動カシタノワ別ノ義務ダッタ　イマワタシタチニ課サレル義務ワ古スギル　腐ッテ死ンデイル　ソンナモノヲ果タシテモ満足シナイ　別ナ義務ガ必要ダッタ　ソウシテ　ワタシワココニキテ頭カラ爪先マデ汚レテイル

夫　後悔しているのか？　あるいは別の義務にまた別の義務が足されたのか？

作業員　モウ　ワタシノ順番ワマワッテキタ　秩序ワ回復シテイナイ　遅クトモ早クトモ

ＦＴＺＲ　溺れなかった者たちが消えるまでは、時間経過の長さが違うという問題に過ぎない？　この消え去りゆくことは、それ自身が起こるべく運命にあると示唆していた？　わたしたちは遅かれ早かれ、暗闇とより暗いものの区別をしなければならず、現時点で決してないものと、決してありえないものとを区別しなければならない？

作業員　ナニカガ間違ッテイル　建物ガ立テラレ　壁ガ高クナッテモ　秩序ガ回復シナイ　ソレガ現時点デ決ッテ　ナイモノダ　遅カレ早カレ　ソレワ為サレルダロウ　ト　聞イテイタノニ　ナニモ変ワラナイ　全般的ナ無力カガ推シススメラレテイル　区別ワスデニ為サレタ　ナニモ起キテイナイ場所　ナニカガ起キタノニナニモ起キテイナイ場所　ソノ区別ソレ自体ガヨリ暗イモノヲツクル

ナニカガ間違ッテイル　間違エラレタ場所ニキテハジメテ　ワタシワ違和感ヲ投ゲツケルコトガデキル　クソッタレ　ワタシワヒトリデココニヤッテキタノデハナイ　ワタシト一緒ニイルヒトタチワ決シテ　ワタシノ消滅ヲ示唆シナイ　ワタシタチワマタ　ナニモ起コッテイナイトサレル場所ヘ戻ッテイクダロウ　区別ノ間違ッタ線ヲマタズラスタメニ

再会

夫　ああ、よかった。無事だったか。どうして先に行ったんだ。手を離してはいけないと言っただろう。危険はどこにだってあって、おれを苦しめるのはお前たちの不在だけなのだから、そしてもう死んだなどとは決して認めたくないのだから、もうどこにも行かないでくれ。

妻　大げさねえ、ちょっと観光してただけじゃないの。

娘　わたしはいつかきっとパパのそばを離れるのに。怒ってるの？

夫　怒ってない。

娘　どうして怒らないの？

夫　おれが怒るとお前たちはもっと怒るじゃないか！

妻　よくわかってるわ、この人。
娘　でも、わたしたちが何を考えているかまではわかってない。
夫　わかりたくもないね。
妻　さあ、おうちに帰りましょう。
夫　それが、家はないんだ。
娘　そんなことってある？
夫　あるんだ、いや、家はないんだ。
妻　もう聞いたわよ。
夫　ああ、そうだ、見つからないんだ！
娘　わたしたちのおうちはないの？　ホームレスなの？　いじめられるの？
夫　誰にもいじめさせやしないさ。でも家がない。な？
ＦＴＺＲ　ああ、ないと聞いている。気の毒だ。
夫　お前に気の毒がられると余計に空しくなる。
娘　あなたもおうちないじゃない、わたしたちといっしょに探しましょうよ。
夫　いつもなら嫌というところだな。
ＦＴＺＲ　孤独はいいものだ。無言で静かに煙草をふかし、電信柱と討論し、見ず知らずの誰かに愛されもし、愛することができる。気楽だろうが気重だろうが外に出て歩いていると、ビニール袋が落ちていて、それを帽子にすることだってできる。ひとりでにやってくるものをひとりで巻き込み巻き込まれする。だが、ひとりでは大きなものを変えることができない。わたしのなかにいるたくさんの者どもをもってしてもだ、お前たちといっしょに探そう。

群集人間　やってきた者たちの重みで平坦な道が傾き始める。一つの小さな歯車が外から加えられた力によっていつもとは違う動きをして外れると、初めはほとんど分からないが、すでに装置全体が作動している。ちょうど時計が時間に支配されているように見えるのと同じように、何かの理解しがたい力に支配されて、あちこちが軋り、がなり立て、そして歯車はみんな次々にその所定の道からぐらぐらと落ちてゆく。そんな悲劇を未然に防ぐため、またもや正面から、

やってくる者たち。

今度は一様の白黒の統一されたユニホームを着用した者たちがやってきた者たちを取り囲む。従順なユニホームたちは、良心の呵責という懐かしい代物を噛みしめながら差別化を実施する。やってきた者たちはまた終わるために抗う。

夫　こうなることがおれたちにわからなかったとでも思うか？　おれたちが予想外の不意の攻撃に気圧《けお》されて、弱音を吐くとでも？　**何度ものうちの一回**だ、愛する者を前にした男を馬鹿にするなよ。

ユニフォーム　これがお前たち服従しない者たちの運命だ。受け入れるも受け入れないもない。現にいまここに提示されている運命を否定する行動もことばもない。生きることはよいことで、死ぬことはよいことではない。死ぬことをよいことにするには、生きることを悪いことにしなければならない。死ぬことをよいことにすれば、お前たちは心からこの運命を肯定することができるだろう。お前たちは今までお前たちに生起したすべての出来事に微笑むだろう。それはとてもよいことではないか？　あらゆる戦争の犠牲者と、あらゆる子どもたちの死と、あらゆるお前たちの罪が同等に扱われ、同様に裁かれる。

ＦＴＺＲ　その手を離せ。わたしたちがさっき聞いて話したことは何だったのか。聞いた端から書類に書き起こせばよかったのか。わたしたちの顔を見て、何とも思わないのか。わたしたちは、叫ぶことがあまりにも多かったから、静かに歩いていたというのに！

群集人間　どこにも見えた流血と残骸と破壊の情景について正確な観念を得るには、人はその目撃者である必要がある。ヒューマニズムは、この恐怖の情景から後ずさりし、後になって戦争とテロリズムがこれほどの致命的結末を産むことを嘆き、連帯を要求する。ワンクリックで目撃者になれるわたしたちは涙で浄化しはするが、犠牲者と連帯することはない。犠牲者の赦しは有罪者とそいつが犯した悪について、絶対的で、無傷の記憶を要求するが、記憶の義務を求めることは乗り越えることのできない絶対的なものを政治の中心に据えることになり、誰もそんな恐怖政治は望まない。像ですら必要とされない。健忘に任せて自分だけの日々を送り、過去を顧みない誰もが赦されはしない。ヒューマニズムは連帯しない者たちの怠惰を嘆く。いまだに悲劇のもとでなら誰もがひとつにまとまることができると信じている、これが**ヒューマニズムの大間違い**だ。目撃者の目は悲惨な画像と映像を見つめすぎて、悲劇の感覚が鈍っている。わたしの死にゆく身体はコンピューターの画面上やX線写真の上に図解され、そこに死の象徴を見取る、そしてわたしはわたしの状況とわたしの身体の奇妙な分離を感じる。わたしはよそ者として自分の死を直視する。何も謎めいたものはなく、そこにわたしの死があって、わたしを見つめ返している。その画像がわたしのものではなく、お前たちのものであるとしたら、わたしとお前たちとはどれだけ遠く隔たっているだろう。

ユニフォーム　お前たちの死が悲劇的な代物だったとは聞いているが現代はあまりにも高解像度の悲劇に満ち溢れていて、わたしたち目撃者はそれからもらい受けた感覚を表面で処理し、何も引き受けることはない。

群集人間　大震災、大津波、原発事故、爆発テロもせいぜいが一挿話であり、この挿話のあとで、わたしたちは日常の生活を再開せねばならない。ハードにプログラムされた習慣とともにある日常生活ほど強固なものはない。わたしたちの最大の関心事は戦争ではなくもっぱら各自の生活問題であり、正常という領域が存在するかのように、どんな問題も存在しないかのように、生活している。そんな生活を持ち得ぬ者たちはいま、第三次世界大戦を待望しており、誰もが胸ポケットに文庫版の黙示録を携帯している。そんな者たちがいまこの道にひしめきあっているんだ、緊張するだろう？

ＦＴＺＲ　生活がお前たちの心を蝕むというのならそんな生活はやめてしまえばいいんだ、それでもその虫食い生活にしがみつきたいのならそこに抵抗の根っこがある。

群集人間　自らの声を神々に明け渡した匿名の者たちは大きく口を開く、吐瀉物《としゃぶつ》みたいなことばがこぼれ出てくるから、耳を覆ってください。

ユニフォーム　失敗した間抜けは、ひどい目にあわせろ。それのどこが、悲劇的だ？　笑わせる！　うまくやれ、できないというならくたばれ。

作業員　それじゃあ、わたしを試してみてください。自分で勝手にくたばれるのかどうか。力のないひとが与えられた命令を頼りに遠くからわたしたちを操っているから、まずはその線を切断しましょう。自分の待っているものを待っていたわたしは気づいた、わたしはわたしの命令を待っていたんだと、わたしは犠牲になどなりたくなかったのだと。わたしはすすんで作業員となり、汚れた身体をもってわたしの罪を購いたいと思っていたのだけれど、それはわたしの命令ではなく、わたしにそうしたほうがいいとささやく悪いイメージで、わたしは不幸だった。

ＦＴＺＲ　あなたはまったく不幸だった、あなたがあなたにそれをもたらしたのだが、不幸を定義したのはわたしたちだ。

作業員　もうわたしはその状態を不幸とは呼ばない。

ＦＴＺＲ　必然を持て余す神々とやすやすと服従する者たちのお芝居をいまになって見る必要はない、嘆きの声を聞いたほうがいい。　ヒューマニズムの賭け金はナショナリズムにある。二十一世紀のアメリカ人はヒューマニズムとナショナリズムをうまく合体させて戦争を引き起こし、例によって大勢の人間が死に、わたしたちはその光景を目撃した。ここでは人それぞれの日々の生活が勝利する。そして、戦争は起こらない。問題はその日々の生活が壊れたときに起きることだ。一瞬にしてヒューマニズムとナショナリズムが高揚し、人それぞれを保っていた厳格な秩序が例外状態によって簡単に書き換えられ、差別が横行し、いたるところで暴力が目に見えるものとなる。ヒューマニズムはナショナリズムにも悲劇にも連帯にもよらない抵抗を知るべきだ、ほかならぬわたしたち、離脱する者たちが寄り集まることによって。

ユニフォーム　お前たちが抜け出し、どこまで逃げつづけたとしても、お前たちに逃げようとさせたもの、つまり支配と依存と服従からは逃れられない。もうその事実は認めたか?

夫　認めているとも。現にここにいるおれたちは家がほしいのだし、いつまでも話をして飯を食いたいのだし、妻と娘に執着していて、お前たちには執着していない。

妻　困ったわねえ。わたしたちがいなくなったときのことを考えなきゃだめよ。

夫　考えているとも。わたしたちに関わるものを死なせるわけにはいかないんだ。

娘　でも、チビは死んじゃったじゃない。

夫　死ぬとも。そのときは必ずやってくるとも。中からも外からも劇痛の打撃はやってくるとも。どれだけ予防線を張っていたとしても、おれは泣いて、立ち上がれなくなるだろう。だめじゃないか。

妻　でも、こうやってここにいっしょにいれば執着の中身が変わるのよ。

夫　そうだ、おれはおれたち家族だけじゃなくてここにあるすべてのものたちに執着するだろう。

また終わるまた終わるために

やってきた者たち／やってくる者たち

単調なリズムは空気を振動させることなく
死んだように動かない
死んだ家
無力の負債はデフォルトで
墜落した頭は世界の網の目の極小の隙間から機械的に上昇する
身体はいつも理由を実行してくれる
ただの反復
一つとして同じ反復はなく
たとえそれが敗北であったとしても
やってきた者たちは勝利も敗北も敗北させるだろう

これからやってくる者たちのために
やってきた者たちがいて
これを最後に　もう一度

反復するだろう
立て　照らされよ
誰の
何のためでもなく
嘲笑され
頭は水の中へ落ち
目の前でひとが消え
はなればなれになり
もう立ち上がれない
そのまま
身を屈することはできない　愛するため以外には
やってきた者たちは反復し
また声を発するだろう
やってきた者たちの断末魔の叫び声はまだ誰も聞いていない

どこまでもつづいていきそうなまっ暗な道で
聞く耳がなければどれだけ空気が振動しても
いやいや

皮膚に触れる
やってきた者たちの声がやってくる者たちの皮膚の表面に
すべての声が皮膚を待っている
声と声がぶつかってこすりあう音が鳴り止まない
そうしてようやく声が聞こえる
単調なリズムがやってきた者たちの身体を運び去るのではなく
単調なリズムこそが運び去られる
一年の中の純粋な一日
世界を流れる別のリズムによって
世界を流れる別のリズムになる声によって
やってきた者たちの産声にも似た叫び声は別々の声
やってくる者たちの声によって
分断され
ここに新しいリズムが生まれる

わたしたちはそこに棲む

静かな単調なリズムが支配する場所には
何かが起きたのに何も起きなかったような場所には
身から感情が引き離れ、異なるものを殺す場所には
もう誰も棲まない
意志からなる愛は取り消される
国家が作った川を流れる意識はすべて間違った方向に流れる
流れに身を任せるな
自分たちの手で
穴を掘って
高いところから低いところへ
低いところから高いところへ
流れるように
流れてくるものを摑む　その手を差し出し　摑む動きそのものが
わたしたちの制作する現在になる

（了）

戯曲の読み書きについて

私の演劇との出会いは、二〇一四年三月、京都は北白川のアンダースローで、地点と空間現代によるブレヒトの戯曲『ファッツァー』の上演だった。四〇人ちょっとの客席の目の前に俳優が並び、逃れるように壁にもたれかかり、叫んでいる。空間現代の三人がそれぞれ演奏するギター、ベース、ドラムから発せられる音が拡散し反響して声を分断し、俳優それぞれのひとつの穴から発せられた声は、分断された物質的な塊となって、銃弾のようにこちらに飛んでくる。第一次大戦のドイツの脱走兵たちが銃弾に撃たれているという見立てのはずだが、ここでは、観客が撃たれる。私はあの銃弾に、物質的な塊としての声に侵されたまま、戯曲を書き始めた。幸福な出会いだったのだろう、そうして私が書いた戯曲『忘れる日本人』『正面に気をつけろ』『山山』は地点に上演され、いまもまだ戯曲に夢を見ている。

映画のように編集を施せない演劇は、いつの時代もつねにリアリズムの問題と向き合ってきたはずで、たしかに大量消費されるためにあの手この手を尽くしたウェルメイドな舞台やハリウッド映画はこの時代のリアリズムには合致しているし、太田省吾《おおたしょうご》が疑った《物語の起伏》を生じさせるための構成によって強いられる《わざとらしさ、あざとさ、意外性》も《劇的なるもの》もいまだに健在であるし、(1)私もまた大量消費されるのを夢見ているが、私の身体にはまだ大量消費の銃弾は埋め込まれていない。詩と小説のあいだ、詩と上演のあいだにある戯曲において別の現実を探りたい。

戯曲の道具はひとまず、言葉、文字、登場人物、ドラマ、上演を前提とすること、とする。ある時間、ある場所に、登場人物がいて、動き、言葉を発する。時が進むにつれ、ハムレットやリア王は、ユビュ王になり、かもめになり、無名の男1女1になった。名は他者(他の登場人物あるいは作者あるいは観客)のためにあり、他者によって管理される。観客一人ひとりの名もまた券売システムや社会によって管理されている。戯曲の登場人物には登場人物を見ている観客が含まれる。誰とも知れず、登場人物を見つめている登場人物、あるいはコロスとして。観客は沈黙し、何ら反応を返さなくても、現にただそこにいて、見て、聞いている。観客は対話に含まれている。これを無視するわけにはいかない。登場人物同様、対話に身を曝している観客の身体は一瞬一瞬で変化している。鳥居万由実《とりいまゆみ》の素晴らしい散文詩集『07.03.15.00』から引く。

《私が、あの人の姿を見た。それだけで対話はもう成立しているんじゃないだろうか。それはスクリーンやテレビ画面やパソコンモニタを媒介してだけれど。ある目が、視覚像と音声を捉えた。それによって、わたしの内分泌の組成が一瞬だけでも変わった。それだけで交流は、対話はもう成立しているんじゃ

ないだろうか。そこら中の粒子や分子がそうやって相互作用しているなら、もうそれで、それ以上何か望む必要があるだろうか。》

これは私である、これは私ではない、これは私に関係を持つ、これは私に関係を持たない。観客は沈黙のうちに対話している。《ぼくたちが出会うのは常にぼくたち自身[2]》。観客はひとりではなく複数であり、沈黙しているが、声を聞いている。その反応は、肌に触れて痛いほどの物質性を帯びて劇場内を埋め尽くしている。ツイッターやテレビで敵対する者たちが議論を交わしている様は、結局、かれらが同じ世界にいて言葉を発し合っているという事実から微笑ましく見えるが、一方が何を考えているかわからないままにずっと沈黙している演劇の対話は恐ろしいまでの緊張を漲《みなぎ》らせる。《ある人間にとって世界を生き生きとしたものにするために、あるいは、人がそこに身を寄せている現実を一瞥で、一つの身ぶりで、一つの言葉で味気ないものにしてしまうために、もう一人の人間ほど効果的な作因は存在しないように思われる[3]》。

登場人物間、登場人物と観客との対話のあいだに余白があり、相互作用があり、変化がある。登場人物は目に見えるものとしてあり、時間の進むなかで、この変化の過程を直接示すことになる。

詩において余白は、改行される一行一行のあいだ、あるいはそれらを取り囲んでいる部分にある。詩は動かすことのできない一語一語、一行一行が身体を持っており、そのあいだの余白に身体の変化があり、この余白こそが身体を支えている。余白にある変化は常に潜在していて、読みは多重化される。その余白に言葉が書き込まれれば、詩は詩であることをやめるだろう。小説はこの余白に言葉を書き込み、その言葉の置かれる環境を、コンテクストを提示する。戯曲はその中間のようなところにあって、先述した対話のあいだの余白・相互作用・変化は、小説のような外側から見た作者による描写ではなく、登場人物の語りによって事後的に語られるか、語られないまま見られる身体として示されるほかなく、やはり読みは多重化される。演出は舞台を想定した、ある方向性をもった読みによってなされるだろう。詩に外から演出を加えれば、余白は埋められ、別のコンテクストへ移植されることになり、原文をそのまま上演するということはできない。「演劇の詩」の可能性がまだあるとすれば、戯曲の対話における余白と、詩の余白を重ね合わせること、戯曲と詩と小説を並べて、それぞれに固有の制作の方法を移植し、新たな平面を作ることにある。

最小限の道具立ては、文字と身体だ。私は身体を持っていることに救われているが、その身体をそのまま信用するわけにはいかない。その身体は現実の社会的なコードにどっぷりと浸かっていて、ほうっておけば紋切り型の再生産しか行わない。そこで、登場人物といっしょにテクスト内の閉鎖空間に入り込んで、身体を脱コード化する。登場人物は、ある場所にいて何かを知覚し言葉にするのではなく、その場所となり、言葉を発するようになって初めて存在する。登場人物と場所は独立しておらず、その場所は登場人物の身体になり、登場人物の身体はその場所になる。人びとが劇場の椅子に座った瞬間に観客になるように、ウラジミールとエストラゴンは、あの木が一本立っている場所になり、ラネーフスカヤは桜の園になる。その場になった登場人物の知覚とそれを書く作者の知覚は不可分であり、対話によって言葉が選択される。沈黙が許されているのは観客と神だけであって、登場人物は身ぶりと言葉でもって語らなければ存在することができない。文字の身体。社会に浸った身体と、文字の身体の対話がなされ、その余白に、常に異化するものとしてある詩の身体が現れる、のか。

詩の舞台は、平面であり、一行一行の身体はこの平面（紙面）に立っている。この平面は誰が書いても同じ平面というわけではなく、水面、白紙、家屋、密室、物語というように、その詩の書き手によってその都度作られていく。現実のあらゆる物事を虚構の同一平面上に置くことのできる小説では、作者と現実との接触の痕跡が見てとられるが、詩においては現実と虚構といった二分は無意味で、平面上の言葉の連なりによって作られた身体が生々しく、あるいは軽やかに現前している。その身体が顕著に見られる、朝吹亮二《あさぶきりょうじ》の『密室論』を引く。

どこまでいっても植物であれ鉱物であれ物体はみんな音をたてるのだから夏の破裂音からも離れることはできないだろうどこまでいっても麦色の光景があって海のみえる光景があってコダカラーの光景があってコパトーンの匂いのする光景があって石炭の街の光景があってきらきらきらめく光の氾濫する光景があってかつて少年だった私の脳髄をガラスの破片がいくつもとおりすぎてゆく今の私はいっこの室内である私というモノは限りなく拡いいっこの密室である眠る夏の肌にくちをちかづけようとする私いろいろの音がはじける肌にかおをよせようとしている私すべすべのところからぷつぷつのところへめくられようとしている肌にはなをおしつけようとしている私のようなところへのようなものをのようにおしつけようとしている私のようなものだ

改行なしで流れていく身体にはときおりスラッシュが挿し込まれるだけで、「もの」というよりは「もの」のような言葉がその身体を「とおりぬけていく」。戯曲の登場人物は「私はいっこの室内である」とは言ってか言わずか、この「私のようなもの」のように、その場になっていて、外からやってくるものを取り込み、声に出す。どんな舞台でも声は発せられ、台詞は聞かれるが、台詞は次から次へ流れていく。《君が高らかに歌ったことを忘れるよう。それは流れ去る》(4)。「声が聞こえる」とは、その台詞が記憶に残るというのではなく、異化されること、台詞の意味が十全に理解されなくともその声の効果とともに聞かれ、思考が始まることだ。「聞こえる」ことなしには対話は始まらない。戯曲の中にいる私と登場人物は、対話のなかで、この「聞こえる」こと、声が受肉するというのか、声の、言葉の物質性があらわになる文がどれなのか、わかっていない。観客は沈黙している。ヴェルレーヌの「感傷的な会話」のように《ただ夜だけが二人の言葉を聞いた》のと同様、戯曲上で応答はなされない。「声が聞こえる」のは、対話の結果ではなく、余白とともに変奏しつづけている対話の過程に含まれている。この対話に、状況が設定した目的はあるのだろうか、目的が達せられれば対話は終わるだろうか。少なくとも、登場人物にできることは、対話の余白にやってくるものを摑むことだ。相手の反応、自らの行為による自らの変化、偶然訪れるもの、不意の着信、よく知らなかった他者、物語中の他のいかなる行為とも異なったある仕草、ある身振りが、「外」からやってくる。《正義はお前に何も望みはしない、お前がやってくれば捕まえるし、お前が立ち去るなら放っておく》(カフカ)。登場人物は、ここでの「正義」のようには、やってくる当のそれを言葉で指し示すことができない。それはもうすでにやってきていて、身体は変化してしまっており、言葉で示せるとしたら、やってきた後だ。登場人物を「外」から見るひと（観客）は、やってくるものを目の当たりにするだろう。

《とにかく死に物狂いでこの朝を肯定しなければいけない。嘘でもいいからこの朝を、世界を、肯定してみせなくてはならない。そうしないと一歩も外へ出られません。[5]》

虚構か現実かといったありきたりな二項対立に陥れば現実が勝つに決まっているが、幸い、舞台は現実であり虚構であって、どちらかがどちらかを装わない限り、勝つも負けるもない。「嘘でもいいから」声を発し、声を聞き、異化し異化され、対話をつづけ、「外」からやってくるものを捉えること。そこに詩があるか、判決を下すのは、私ではない。

1) 太田省吾「劇的なるものを疑う」
2) ジェイムズ・ジョイス『ユリシーズ』
3) アーヴィング・ゴッフマン『経験の政治学』
4) リルケ『オルフェウスへのソネット』I－3
5) 松本圭二『青猫以後』

あとがき

ひとは日常の生活を送るなかでどれだけ何かしらを思い出しているでしょうか。思い出しは手を止めるから、しょっちゅう思い出していたら日々の仕事に支障をきたすから、思い出すことのできる過去はあらかた恥に塗り固められているようだから、私はほとんどしません。物書きには、手を動かす思い出しもあるのかもしれませんが、それは物を書くということで要請される思い出しなのであって、すでに日常の思い出しではありません。というか、日常の思い出しなどはなく、思い出しはいつも不意になされるものなかもしれません。岸田國士戯曲賞受賞の報せを受けてから、私は思い出しの連続に襲われています。ただの感傷だ、と切り捨てるのは簡単ですが、いいことがあると、ひとは仕事の手を止めて思い出すことを自らに許すのでしょう、私を構成してきた諸々のできごとはいまもひっきりなしに私を訪れているので、それらのできごとに沿って「あとがき」を書いてみたいと思います。

私の演劇との出会いは、二〇一四年の春にアンダースローで上演された、地点と空間現代によるブレヒト作『ファッツァー』でした（アンダースローはそののち、チェーホフとの出会いの場にもなります）。舞台上でなされる動き、空間全体に鳴り響く声・音は、それまで文字を読むことしか知らなかった私を魅惑し、その声のための平面を作りたい、ことばの場所を作りたいという思いから私は戯曲を書き始めました。「歴史」や「人間」とともに「戯曲」もまた「終わった」ものなのかもしれない、と人間らしく捨て鉢になるときもありましたが、戯曲であろうと上演台本であろうと、演劇においてことばを書くひとは必要なのです。

劇場を出て、私は部屋に戻り、ひとりで本を読み、書いてきました。本は偉大でした。読むことのできる本が、読みたいと思う本がある限り、もう書けない、とは言えません。一冊の本は最小かつ最大のことばの場所でした。そしてもちろん、友人らとのおしゃべりも、友人らの預かり知らぬところで私の血肉となってきました。友人もまた偉大でした。読み聞きして私の中にやってきたことばを私固有のやり方で練り上げること。これはおそらく戯曲であれ小説であれ変わりません。

それでもそれぞれに要請される大まかな形式というものはやはりあって、見よう見まねで書いてみたのが『みちゆき』（二〇一五）、その形式を度外視して書いたのが『忘れる日本人』（二〇一七）という戯曲でした。つづいてアンダースローのレパートリー作品として書き下ろした『正面に気をつけろ』（二〇一八）は『ファッツァー』をモチーフにしたもので、『ファッツァー』は第一次世界大戦を背景にブレヒトが一九二六年から三〇年のあいだに書き溜めてきた断片の組み合わせで構成されており、ブレヒトがそのときどきの状況に巻き込まれ思考せざるを得なかったことが生々しく書き込まれていました。『正面に気をつけろ』は第二次世界大戦後から現在までの日本に背景を移し、執筆期間は四ヶ月ほどでしたが、私もまたこの間、この時代に内在することを自らに課し、書きました。

そのあとに書いたのが『山山』（二〇一八）で、3・11以降の日本が背景になっています。私は被災した当事者ではありませんが、『みちゆき』から『山山』まで、どっぷり3・11以降の日本の空気に浸っていました。正義を装って代弁するのでもなく、アイロニカルな態度で対立を煽り立てるのでもなく、どうすればそうしたことどもに抗い、反転させ、声を発することができる場所を作れるのか、私はそればかりを考えて書いてきました。『山山』はその区切りとなった作品ですが、この場所作りは、これからもまたつづいていくことでしょう。

　読まれることさえ前提として定かでない小説に比しても、上演という特殊な前提を持つ戯曲は、日本でこれまでよく読まれてきたとは言えません。しかしながら何と言っても演劇の魅力のひとつは、戯曲が読めること、戯曲を読んだうえで上演を観ることができること（ゴダールは演劇における「離れ業」と言っています）ではないでしょうか。それはけっして玄人趣味ではなく、観客そして読者とをつなぐ稀少な紐帯《ちゅうたい》でしょう。

　読むことと見聞きすること、文字を書くことと声に出して言うことのあいだには大きな差異があります。これまで忘れられがちだったこの不可思議な差異を知り、新しいことばと声の関係を作っていくこと、自らもまた声を発する、あるいはことばを外に出していくことで現実を組み換えていくこと。それはひとりではできず、劇場、そしてその外に広がることばの場所に集った人たちと共同でなされる制作です。この本が、この本を手にとってくれた読者にとって最小のことばの場所になることを願っています。

平成三十一年四月

松原俊太郎

上演記録

山山

初演：二〇一八年六月六日（水）～六月十六日（土）　KAAT神奈川芸術劇場［神奈川県］

作：松原俊太郎

演出：三浦基

出演：安部聡子　石田大　小河原康二　窪田史恵　小林洋平　田中祐気　ほか

舞台美術：杉山至　衣裳：コレット・ウシャール　照明：横原由祐

音響：徳久礼子　舞台監督：藤田有紀彦　プロダクション・マネージャー：山本園子　技術監督：堀内真人

写真：石川竜一　宣伝美術：松本久木　制作：千葉乃梨子、田嶋結菜　主催：KAAT神奈川芸術劇場

正面に気をつけろ

初演：二〇一八年二月二十六日（月）～三月十一日（日）アンダースロー［京都府］

作：松原俊太郎

演出：三浦基

音楽：空間現代

出演：安部聡子　石田大　小河原康二　窪田史恵　小林洋平　田中祐気　ほか

舞台美術：杉山至　衣裳デザイン：堂本教子　照明：藤原康弘　舞台監督：大鹿展明　制作：田嶋結菜

初出一覧

山山　『悲劇喜劇』二〇一八年七月号

正面に気をつけろ　『紙背』四号［二〇一八年五月］

戯曲の読み書きについて　『現代詩手帖』二〇一八年十一月号所収「聞こえる声のための対話のエチュード」

著者略歴
松原俊太郎（まつばら・しゅんたろう）
一九八八年五月二日生。熊本県出身。神戸大学経済学部卒業。劇作家。
主要作品
『みちゆき』（第15回ＡＡＦ戯曲賞大賞受賞）、『忘れる日本人』、『正面に気をつけろ』、『山山』、『カオラマ』、小説『またのために』。
上演許可申請先
https://twitter.com/shuntaro_m

山山

二〇一九年 四 月二〇日 印刷
二〇一九年 五 月一五日 発行

著 者 © 松 原 俊 太 郎
発行者 及 川 直 志
印刷所 株式会社 理想社
発行所 株式会社 白水社
東京都千代田区神田小川町三の二四
電話 営業部〇三（三二九一）七八一一
編集部〇三（三二九一）七八二一
振替 〇〇一九〇-五-三三二二八
郵便番号 一〇一-〇〇五二
www.hakusuisha.co.jp
乱丁・落丁本は、送料小社負担にてお取り替えいたします。

株式会社松岳社

ISBN978-4-560-09422-8
Printed in Japan

白水社刊・岸田國士戯曲賞 受賞作品

松原俊太郎	山山	第63回（2019年）
神里雄大	バルパライソの長い坂をくだる話	第62回（2018年）
福原充則	あたらしいエクスプロージョン	第62回（2018年）
上田 誠	来てけつかるべき新世界	第61回（2017年）
タニノクロウ	地獄谷温泉 無明ノ宿	第60回（2016年）
山内ケンジ	トロワグロ	第59回（2015年）
赤堀雅秋	一丁目ぞめき	第58回（2014年）
ノゾエ征爾	◯◯トアル風景	第56回（2012年）
矢内原美邦	前向き！タイモン	第56回（2012年）
松井 周	自慢の息子	第55回（2011年）
蓬莱竜太	まほろば	第53回（2009年）
三浦大輔	愛の渦	第50回（2006年）